台所で考えた

若竹千佐子

河出書房新社

もくじ

台所で考えた

一さじのカレーから

人生六十三年も生きていると、私はいったい何食のカレーを食べたんだろう。酸《す》いも甘いもかみ分けてなんて、いっぱしの苦労人ぶりたいけれど、全然そんなことはなくて私は人生の大半を家庭の主婦として生きてきた。それなりのおいしいカレーの作り方、廉価《れんか》で時短で片付けも簡単なんてやつをまぁ知っているつもりではいる。そこら辺のレシピやらうんちくを語ろうと思えばそりゃ、主婦歴云年《うんねん》の私だもの、と一応はったりを利《き》かせることだってできる。

だけど、カレー、カレーカレーと三度口の中でこの言葉を転がせば、私の心はもう一直線、昭和三十年代のなつかしい我が家の風景につながるのだ。

あの頃、私の家族は祖父母、両親、兄姉私の三人兄妹、それに嫁《とつ》ぐ前の叔母がいた。

ご飯はサザエさんちのあれと同じ、飯台《はんだい》で食べていた。時分《じぶん》どきになれば部屋の隅に立てかけてあった飯台をころころ回して場所に移動、脚を出して平らに直しまずは拭く。みんなが集まって家族八人車座《くるまざ》になってご飯を食べた。その日がカレーなんてときはまだかまだかなんて思いながら待っていて、白いお皿に載ったカレーを姉の皿のと一瞬見比べてから食べるのだ。

それにしても、どうしてあんなにも食べ物の多寡《たか》で争ったのか、ちなみに我が家では到来物《とうらいもの》の羊羹《ようかん》などは物差しが登場してきっちり公平に分けていた。切り分けるのはいつも姉の役目、ところがそのとき父はいつも笑った。その笑いの意味が分かったときの私のしてやられた感。何と姉は包丁を斜めにして羊羹を台形のように切っていた。飯台の周りをぐるぐるに追いかけてなんとかして姉の三つ編みを引っ張ってやろうと思ったものだ。

カレーは今のと違ってずいぶん黄色っぽかった気がする。あの頃カレーのルーはあったのかどうか、母はカレー粉を入れて最後に水で溶いた小麦粉（うどん粉といった）でとろみをつけていたはず。肉なんてほんのちょっぴり。出汁《だし》を取るために入れていたようなものだった。今思えばものすごく素朴なカレー。それでもおいしいと思った。匙《さじ》で食べる（スプーンなんて言わなかった、あくまでも大匙）あの雰囲気が良かったのかもしれない。コップの水かな。何しろ洋風の食事にあこがれがあった。

その頃の我が家の食卓と言えば、せいぜい焼き魚におひたしに味噌汁、漬物、そうそう山菜料理が出ただろうか、晴れの日はこれは決まって餅ぶるまい、とにかく何か祝い事があると、あんこ餅胡桃《くるみ》餅ゴマ餅とこれでもかと、甘いお餅、それにお煮しめ、が出てくるのが私の郷里の伝統食なのだった。それと全く別種の表面に油がキラキラ浮いている食べ物はそれだけで異質、匂いから何からちょっとよそ行きという気分があった。

大げさに言えばカレーは日本人の食卓を洋風に変えたトップバッターではなかったか。カレーとそれにコロッケの役割は大きいと思う。

あの当時、三十代後半の母は婦人会の活動に熱心で生活改善なんかに取り組んでいたからコロッケだの、ポテトサラダだのスパゲッティだの盛んに作ってくれた。祖母はそれをおそらく快《こころよ》く思わず、スパゲッティをすっぱげと呼んでいたっけ。今でもパスタ料理を見ると、あ、すっぱげと頭の中で変換し、そしてのち寂しかった祖母の頭頂部を思い出してくすんとするのは私の秘密だ。

　母が作ってくれた洋風の食べ物の中で今でも時折食べたいなと思うのはバタークリームケーキ。オーブンのない時代にどうやってスポンジを作ったのか、遠い記憶を紐解《ひもと》いてみると、確か、文化鍋と言ったか、厚手の鍋の蓋《ふた》のほうにタネを入れて逆さまにして極《ご》弱火にして作ったのだと思う。嚙《か》み応《ごた》えのあるスポンジに手動の泡だて器で練りに練った白いバタークリーム、ところどころにちゃんと食紅《しょくべに》で色をつけたバラの花の形のクリームを置いてわきに葉っぱの代わりのアンジェリカを添えて、仕上げにアラザンを振るったケーキは見た目もなかなかのものだった。歯ごたえのあったケーキ、あれはあれでおいしくて、今でも姉ともう一度あれ食べたいよねとよく話をする。今では想像もつかないけれどあの頃、バナナはまだ貴重品で風邪《かぜ》を引いたときに輪切りにしたのをほんの少し食べさせてもらえる程度。今でも覚えているのは病院の娘のAちゃんが運動会の日にもって来たバナナの匂いにみんなうっとり、あげくゴミ箱に捨てたバナナの皮をとりかこんでスーハー匂いを嗅いだのだからあきれる。思えばなんて純情素朴な子供たちだったのだろう、飾るということを知らなかったのだ。

小学校四、五年の頃には学校給食も始まって、あれから急速に洋風の食べ物が増えた気がする。その頃には匙なんて言わなくなって、そうそう先割れスプーンで何でも食べるようになった。カレーシチューというメニューもあってごはんにかけるカレーよりずっととろみの緩いものだった。それにパンなんて最初は合わないなんて思ったけれど、スープに浸《ひた》して食べるパンだっておいしいんだと分かった。あの頃給食の人気は絶大で風邪で休んでもお昼はしっかり学校に来て給食を食べて帰る子がいた。それを何ら不思議とも思わず、食べたらまたうちに帰って寝てるんだぞなんて先生が言って、思えばのどかな時代だった。

私の学校は東北の田舎町にあったけれど、鉱山があったから一年に二、三人は同学年の転校生がいた。遠く九州から来た子や、東京から来た子もいて、僕だの私だの耳慣れない言葉が泥んこになって遊ぶうち、自然におめ、おらに変わっていくのがおかしかった。

今でも忘れられないのが、九州からの転校生が国語の時間、たしか『手ぶくろを買いに』を読んでいた時、全く違ったイントネーションで昼に雪が降るのがおかしいといった。はぁ、おめ、ばがでねが、雪でばいづだって降るのよと口の悪い我々地元の子供。違う、絶対昼に雪が降るなんておかしいと、目にいっぱい涙をためてその子が言いつのって収拾が付かなくなった。そのときさっぱり一言、冬になればわ・が・る、と力を込めて言ったのはクラスでも人望の厚かったT、その子は先年亡くなってしまったけれど。涙をためた九州君の方は雪が降る頃にはペラペラの東北弁になっていた。何年かしてまた転校して行ったけれどあの子は今頃どうしているだろう。ふと思う時がある。

一さじのカレーからとりとめのない話になったけれど、そういえばもうずいぶんカレーを作っていない。二日目のカレーがおいしいのは知っているけれど、今娘と二人きりの食卓では二日目どころか三日も四日も食べることになりかねない。カレーを食べたいときはついレトルトに手を伸ばしてしまう。レトルトには当然ながらあの高揚感はない。むしろ手っ取り早く済ましてしまいたいときのお手軽なものにカレーは成り下がってしまった。

仕方がない、家族の形が変わってしまったのだもの。

時代は変遷して、いつの間にやら核家族が主流になり、今はまた独り暮らしが増えているのだとか。私だって娘が嫁に行けば独《ひと》り居《い》のばあさんということになってしまう。早晩そういう日が来るのだろう。

おいしいものは独りで食べてもおいしいんだとうそぶいたところで、かつてのにぎやかな食卓を知っている者には何か暗《あん》たんとした気持ちになることも事実だ。けれどもそう悲観してばかりもいられまい。

私にしたっていつも一人や二人の寂しい食卓にいるばかりではない。大勢の仲間たちと共同でご飯を作ったり、おかずを持ち寄ったりしてにぎやかなご飯を食べるときもある。もう家族に拘《こだわ》らなくてもいいのだ。昨日の常識は今日の常識とは限らない。独りのときも大勢のときもどちらも私のありかたということなのだろう。

実はもうすぐ初孫が生まれる。その子は何事もなければ普通に西暦二一〇〇年という年を迎えることになるのだ。孫が生きる時代に俄然《がぜん》興味がわく。誰とどんな食卓を囲むのだろう。人と人のつながりがどう変化するのか、今現在の家族はどうなっていくのか、疑似家族だの拡大家族だの、あるいはそういう関係性からすっぱり自由になることだの、人はどうやって幸せになろうとするのか興味が尽きない。
そうそう二十二世紀の食卓にカレーはどう登場するのだろう。遠い日を思う。

母校へ

上郷《かみごう》小学校創立百五十周年、おめでとうございます。

そうですか。私たちの上郷小がそんなに経ったんですね。すごいことです。

百五十年前の上郷がどんなだったか想像も付きません。だけどその当時の子供たちが学校ができる、字が覚えられる、それがどんなにうれしいことだったか、分かる気がするんです。きっと大喜びして弁当を風呂敷に包んで腰にでも巻いて学校に通ったんでしょうね。

この百五十年間と言えば決していいことばかりではなかった。いくつもの戦争がありました。日清戦争、日露戦争、太平洋戦争、冷害でお米が取れないときもあったでしょう。いいときよりも悲しみのほうが多かった、そんなときがあったのかもしれません。

それでも、学校はいつでもみんなの、子供たちだけでなく大人にとっても希望の光だった。上郷の文化の中心にある、みんなの大切な場所でした。

私も六十年前の上郷小学校の生徒です。

私のころは岩手上郷駅のそば近くに古い木造校舎があって、私が思い出すのは用務員室のそばのかまどの上の大釜、そこにいつも湯がたぎっていて、雑巾《ぞうきん》バケツにひしゃくで汲《く》んで友達と二人、こぼさないように長い廊下や階段を歩いて、目を閉じればそのころの学校の様子がありありと目に浮かびます。かび臭い匂いのする図書室もありました。

本を手あたり次第取って何が書いてあるだろう、全部読んでみたいなと思ったものです。

学芸会に運動会。そんなときは子供以上に大人が熱狂して大声援してました。

私が一番忘れられないのは六年生のとき、遠足で六角《ろっこ》牛山《うしさん》に登ったこと。五月ごろだったのに頂上にはザラメのような雪がまだとけ残っていました。いつも見上げてばかりいた六角牛山のてっぺんに登った。あの達成感は今でも覚えています。

思えばずいぶん時間が経ちました。本当にあっという間に。私は四月生まれですから

おそらく同級生の誰よりも早く七十歳になりました。

あのころの同級生たちとは今でもなかよしです。今どきの私たちですから、グループラインを交換なんてことをしています。

「なじょにしてら」

使う言葉はいつだって上郷言葉だから、漢字では書けず平仮名だらけの長ったらしい文面です。それでもこの言葉を使って話すと、いつだって鼻水を手の甲《こう》でぬぐって服になすり付けて遊んだ泥臭かった子供のころの私たちにすぐに戻れるから不思議です。

友達ってありがたいですね。上郷の、地元の言葉ってありがたいですね。

そうそう、私はいまだに上郷小学校校歌を空で歌えます。中でも大好きなのは

　六角牛山の朝風に　いななく駒の元気よさ
　みんなもまけずに勇み立ち　住み良い日本作りましょう

私たちは小学生のころから、住み良い日本を作ろうと歌っていたんですね。自分の幸せだけを求めては駄目なんだ。みんなが幸せにならないと。ひいては日本中の幸せを作

ろうよ、という校歌は高い志《こころざし》の歌です。私はこの校歌を今でも誇りに思っています。上郷で生まれ、上郷で大事に育ててもらえた。そのことがどんなにありがたいことだったか。風や光や緑や空気そのものが、どんなにかけがえのないものだったか、子供のときは当たり前すぎてわからなかった。今だから分かるのかもしれません。かけがえのないものはたいてい目に見えないものです。でも確かにあるものです。そのものすべてにありがとうと言いたい。

かけがえのないものの真ん中にはいつだって上郷小学校がありました。

上郷小学校。百五十歳のお誕生日おめでとう。そしてありがとう。

小さい頃、穴掘りに夢中でした。
掘り続けていけば、地球の反対側まで辿り着けるって
真剣に思っていました。
ところが、私の家は川がすぐそばにあって、
そこら辺の土を掘っても
大きな石がゴロゴロ出てくる。
こんなんじゃ反対側になんてとても辿り着けない……
私はずっと足元を掘るのが好きだったんですね。

人が変わる瞬間　文藝賞受賞のことば

いつか、きっと小説を書くのだ、と子供のころから思っていました。書くなら、人が変わる瞬間をとらえたい。だけど、どうやったら人は変わるのだろうか、そもそも人は変われるのだろうか、原稿用紙を前に手が止まり、考えあぐねて五年、十年。答えらしきものがみつかったときには、すでにいいおばちゃん。おばちゃんどころか、もうすぐ婆さんじゃないか、こんなに経ってしまった。一瞬胸塞《ふさ》がるけれど、婆さんになるのって、これで案外面白い。

人生の最終局面、婆さんが手にするのはいったい何だろうか。異界を自由に行き来し、生者も死者も同じ場に集《つど》い語らって何の不思議もない境地。婆さんには、人生を通して見てきたもの、見えてきたものもきっとあるはず。

人に良かれという生き方をやめれば、手にするのは自己決定権、そして孤独。それさえも恩寵《おんちょう》と感じるのではないだろうか。いいことばかりではなかった人生。抗《あらが》い難《がた》い状況であるなら、自らそれを選び取ったと言わんばかりに正面切って戦いを挑んでいく気《き》概《がい》。

プレ婆さんの私としては、目指すのは青春小説とは対極の玄冬《げんとう》小説。老いの積極性を描きたい。滅びの美しさを描きたい。そうやって一人生きる私の老いを乗り越えたい。

選考委員並びに選考に関わって下さったすべての皆さま、数ある原稿の中から桃子と私を見つけ出して下さりありがとうございます。どこまでご期待に応えられるか。私はこれから勇躍出発いたします。

どうしよう

年末、ひどい腰痛に見舞われた。

誰も背負っちゃいないのに重きに泣きて三歩歩めず。でもでも涙目でも私の心は明るかった。何しろどうしちゃったのというくらい、この年の私は望外《ぼうがい》と僥倖《ぎょうこう》がくんずほぐれつダンゴになって押し寄せて来たよう。五月、三十半《なか》ばの息子がやっと結婚。六月には念願の初ヨーロッパ旅行、気心の知れた友人たちとプラハ・ブダペストの旅は楽しかった。キャッホーと思っていたら、今度は半月もしないうちに、書いた小説が文藝賞の最終選考に残ったときた。えっ、六十年間鳴かず飛ばずのこの私が、と思っているうちにあれよあれよという間の文藝賞受賞、その上来春には初孫が生まれるという知らせは届くわ、おまけに芥川賞候補だってよ、この私。

えっえっどうしちゃったの神様、お賽銭《さいせん》たいして上げたためしもないのに、悪口もさんざ言っていたのに、ここに来て何この出血大サービス。まるでジェットコースター並みの上昇気流に乗ったよう。だが待てよ、ということは下降曲線もあるんだ。どうしよう、この上昇路線に見合っただけの下降路線。ぎゃーこわぁー。長く生きていると人生いいことばっかりは続かない、というのは重々承知の助《すけ》。それで私ぶるっていた。だから腰痛、うふぃいいじゃないの、それくらいのガス抜き、と余裕をかまして、まだ明るかったのである。

だが、甘かった。日数重ねるごとに足腰の痛みは増してくる。暮れの大掃除も懸案の障子《しようじ》張り窓ガラス拭きもとてもそれどころじゃない。やっとやっと亭主が好きだった煮しめだけは作ったが、あとは寝るだけ、その寝返りもままならなくなって、医者に行こうにも年末年始。ただ天井を睨《にら》んでるだけの年末年始。芥川賞候補になったのに年末年始。

そのうち心細くなってきた。このままなんじゃないだろか。このまま動けなくなったらどうしようなんて。だいたい見てくれはともかく、というのは形態は著《いちじる》しく見劣りがするものの機能の上では何ら差しさわりがなく、痛みというのにこれまでほとんどお付き合いがなかった。健康には私自信があったのだ。

私の故郷では子供に「これがらの人だがらご飯ぃっぺ食べろ」と勧めるのである。素直に育った私だからえぇたんと食べました。でこの結果。おまけに亭主亡くなってからは誰も私を見てくれる人いないもんとばかり、半ば捨てていました、外見。それで食べたいものを食べたいだけ食べる食習慣。胃腸はそれに十分応えるだけのキャパがあったようで、その陰で泣いていたんですね、私の腰椎《ようつい》並びに各関節の諸氏。それに分かっているのだ、問題は抜き足差し足で忍び寄る老い。かっこよく玄冬《げんとう》小説などと銘打《めいう》って書いた「おらおらでひとりいぐも」。でもあの時はまだ老いを生きることは形而上《けいじじょう》の問題だったのだ。今痛くて思い通りにならない足腰引きずって歩いてみると、事態の深刻さが分かってきたって、遅いよう。

それにしてもごめんな、桃子さん。あんなに足ばいだいのに長距離を歩がせでしまってと、自分が書いた小説の主人公に平謝りしたい気分。桃子さんだけに痛い思いはさせないとばかり、努めて私も歯を食いしばって歩くようにした。これが案外奏効したみたい。薄紙をはがすようにって月並みな形容だけれど、ほんとに少しずつ良くなって、現況回復率七割程度。かばって動かないでいるより、痛くても動かしていた方が体にいいのかもしれない。

ただもう骨身に沁みて暴飲暴食は御法度《ごはっと》。私はもう体との付き合い方を改めねばならないときに差し掛かっているのだ。私の手足口腰各部諸器官一同うちそろって老いに備えなければ相成《あいな》らぬ。互いに仲良く思いやりの心をもってああだのこうだのしなければならない。そして五年十年十五年あわよくば二十年バッチシ動けるようになどと考えてこのところ懸案であった腰痛に一条の光というか、解決策を見る思いがしたのだった。

ただそれにしては何かこう私の心は晴れません。私の女ごころはどうなっているのかとあれこれ考えてみて分かったのだ。問題はこれだった。これってばこれ、エッセイ。

私はこれまで蝸牛《かたつむり》のようにと言えば蝸牛に失礼なくらいのんびりゆったりと小説を書いてきたのだ。だからして六十有余年にして一本なのである。それが注文に応じて決められた刻限までに決められた枚数の書き物を提出するというのは、うふ私もプロになったんだ、それも文芸誌から注文が来る、と嬉しい反面、これが案外プレッシャーなのだった。

なんというか、これまでたいして預貯金もない代わりに借金もないという健全な財政運営を誇っていたのが、原稿という借金が急に肩に圧し掛かりにっちもさっちも、何かいつも追い立てられているよな気分。私の腰痛の遠因誘因も実はこの辺にあったのではと睨んでいる。

私のこれからはたとえて言えば、やれ嬉し年季明け間近の年増お女郎さんが新たに借《しゃく》財《ざい》を作ってしまい、やっとやっと返したと思ったらまた新たな借財の無限ループ。それが恐れている下降気流の中身なのかもと思いなして震える。覚悟はいいのか、大丈夫なのかこの私。しばし無言のあと、それでもいい。やってみたいと内なる声がする。試してみたいんだもの。どこまで通用するか。うんうん、実のところ書くこと以上に楽しいことほかになかった。プロ、ずっとあこがれてたんじゃなかったか、それがなんと今頃この年になってチャンスが巡ってくるなんて、チャンスチャヤチャンパチャンス、チャンスを逃《のが》すは馬鹿よ。やるだけやったれ。死してのち已《や》む、これでいこなどと衆議一決《しゅうぎいっけつ》。決まったところで小腹が空いた。何か口さみしいってば。戸棚の大福食べよっと。

ドラゴンボール

小さなアパートに　にぎやかな曲が流れている
年若い夫婦と小さな子供の三人家族が住んでいる
そうさ　いまこそアドベンちゃん
小さな息子にはアドベンチャーは自分と同じかわいい男の子の名前なのだ
息子のかわいらしい勘違いを笑いながら
妻は傍《かたわ》らの夫にささやく
「ねぇ　わたしたちも永遠の命がほしいと思わない」
肯定の返事が今すぐにでも聞けると思いながら
「いやだね　永遠の命があれば俺は永遠に働き続けなくちゃならない」

目を丸くする妻に　夫は優しい目でさらに言う
「終わりがあるからいいんだよ　終わりがあるから　今　頑張れる」

歳月が流れる
風のように　雲のように

一戸建ての家には　中年の夫婦と　高校生の息子　小学生の娘が住んでいる
年々膨らむ教育費をまかなうために　妻は外に働きに出る
働くということがコップ一杯の喜びと
コップ百杯の忍耐とで出来上がっていることに　妻は気づく
疲れた妻は夫にささやく
「ねぇ　永遠の命なんていらないよね」
「あはは　やっと俺の気持ちが分かったか」
そして　変わらぬやさしさで妻にこう言う

「終わりがあるからいいんだよ　終わりがあるから　今　頑張れる」

歳月が流れる
風のように　雲のように

がらんどうの　静かな家の中で
独りになった妻は夫の遺影に向かってこう叫ぶ
「永遠の命なんかいらない　今すぐ
今すぐ　あなたのところに　私を連れて行って」
写真の夫は　やさしく妻に微笑みかける
けれども何にも答えない
妻はなおも懇願《こんがん》する
夫は何にも答えない
眠れない夜　浅い呼吸のそのうちに

それでも朝はやってくる
残酷な朝はやってくる
独りになった妻には
一日は永遠のように長いのだ

悲しみのなかの豊穣　芥川賞受賞のことば

人にはそれ抜きにして自分を語れない決定的な「時」があるのだと思う。私の場合、夫の死だった。悲しかった。絶望しかなかった。それでも、私は喜んでいる私の心も見つけてしまった。悲しみは悲しみだけじゃない、そこに豊穣がある、と気づいた。このことを書かずに私は死ねないと思った。

子供のころからどうしても捨て切れなかった小説家の夢、機は熟したのだ。あとはただ書くだけだった。

私の向かう先にある老い。私はひとり孤独を生きることの痛みと喜びを知る老女を描いた。完成した時、涙の向こうに「ちさちゃん、やったね」と笑った夫の顔が霞《かす》んで見えた。

くじけるなよ、私。
どうしようもないじゃないか。
覚悟を決めろ。
誰にも言えない自分の気持ちをノートに書くことで
なぐさめられるものがありました。

夫の死の悲しみにくれてしばらくしたあと、
この時間でも夕飯を作らなくていい、いつでも本を読める、
二十四時間自分のために使っていいんだって
解放感もあったんです。
家族の「副班長」の務めを終えて、
誰のためでもない私の人生を生き直すんだと思うことは、
けっしてわるいことじゃないはずです。

魔法の杖

私は今、「六十三歳の新人」ということになっている。まったくどういう天の巡りあわせか配剤か。お笑いの人が中高年を、たいして上ってもいないのにもう下り坂と茶化《ちやか》していたが、私もその口で、六十を越して後はゆっくり下っていくだけと半《なか》ばあきらめかけていた。まさにそのとき小説の新人賞を頂いた。

それから私の生活はガラリと変わった。何というか、友人知人とお茶をすすりおしゃべりに興じていたのが、一気に仕事場の最前線に引きずり出されたという感じ。

本を出してくださったのは河出書房新社という出版社さん。その関係で何度もここにお邪魔することになった。

とてもアットホームな会社で行くたびに嬉しい。

何より嬉しいのは、ここの会社の女の人たちが生き生きと働いていること。同性の、そして年だけは先輩の私としては心底嬉しい、そしてちょっぴり妬《ねた》ましい。今や死語にも等しい「職業婦人」を目指して挫折した私としては、なんだかんだ言いながら女性の働く場が確実に増えているのは喜ばしいし、未来に希望が持てる。

それにしても、私と一緒に仕事をしてくれる女性編集者さんは、この人はものすごく切れ者だが、お母様の年齢を聞くと私とたいして変わらない。心優しい男性編集者さんは息子と同い年。編集長さんだってお名前から察するに四十代辰年《たつどし》。私の息子、娘と言ってもおかしくない人たちが今社会の働き盛りの年齢なのだ。ううむと思う。知らない間に年取ってしまっていたのだな、この私。何か女浦島の心境。

でも、この人たちと肩を並べて仕事していると案外年の差を感じない。私ってばけっこうやるじゃん、やれるじゃん、と悦《えつ》に入《い》っている。

ただし馬脚《ばきゃく》を現すときもある。何かの拍子《ひょうし》に「君の名は」の話になって、そんな古い話と私は言い、すぐに私の想定しているのと、この人たちのとでは全然違うのだと顔が赤くなった。「古いのはおめだべ」

使い慣れた郷里の言葉が頭の中、明滅した。

芥川賞選考会当日。

受かっても受からなくても、今日は六十年にたった一遍《いっぺん》のお祭りと思って、木更津《きさらづ》のおいしい大福を手土産に会社に伺《うかが》った。会議室で結果を待っている間、みんなが入れ替わり立ち代わり来てくれて何やら話して去っていく。

しばらくして、私のためににぎやかしにやってくるんだと気づいて胸が熱くなった。賞が決まって、みんな喜んでくれた。私は案外冷静だった。誰もいない社長室に入ったとき少しだけ泣いた。

なんにせよ喜怒哀楽が激しいと、人はかえって無表情になるらしい。たぶん、心の中むせ返り過ぎてどう受け止めてよいかわからず、ただ茫然《ぼうぜん》とするのだろう。

私はただこの人たちともっと一緒にいたいと思った。

この若い人たちとまだまだ仕事がしたい。

あれから一カ月以上経《た》って、私は頭を抱えている。

仕事をするには、考えをひねり出さねばならない。頭のポケット逆《さか》さに振って、さて何が出て来るか。そもそも私は何がしたいのか。面白い小説、聞いて楽しい読んで面白い、そんな小説。それでまた考えている。

それにしても、新人、なんていい言葉なんだろう。知らず背筋がしゃきんとし、またまだやれそうな気がしてくる。

言葉はやはり魔法の杖だ。

歌にまつわる話

人生てぇぇ、不思議ぃなものですねぇ。今日は朝から頭の中、美空ひばりの歌が回転している。

歌のワンフレーズが頭に浮かぶとそこだけ延々《えんえん》とエンドレスで流れ続けて自分でも止められない。それで若い頃はほんとに困った。

今でも覚えているのが高校の学期末テスト。泉に沿《そ》いて繁《しげ》るボダイジュ〜。このフレーズがぽっと頭に浮かんで一瞬自分でも嫌な予感がしたのだった。予感は的中してテストなのに一日中この歌が脳内を流れ続けた。おかげで、泉に沿いて繁る菩提樹《ぼだいじゅ》の影で因数分解をし、現代文の長文読解をやる羽目《はめ》になった。もうやめてと涙目でお願いしても、脳内の歌は終わらない。止まったのは五時間目、テストが全部終わってからだった。

対処しようにも人に相談することもできないし、そうしょっちゅう起こることでもないからまぁいいかということで、今に至っている。

この習性に長く付き合ってみると、どうも何か事が起こって心が動揺した時に、心の平衡《へいこう》を保つために脳内が鳴るというか騒ぐらしい。

とはいえ迎え撃つ私も、昔の困った困っただけの私ではない、それなりの年の功を積んで、終わらない歌を何とか途切れさすために会話に持ち込むという手段を編み出した、つまり脳内に話しかけるようなことをする。

それでもだめなら、歌には歌で対抗する。私も負けずに歌うのである。歌うのは私の場合、この歌しかない。やるぞレッツゴー、見ておれガバチョの歌だ。と、どういうことが起きるか、脳内も同調して歌う。ついに一斉《いっせい》に唱和。

そうなったらもう仕方がない。最後まで付き合うしかない。

もっともこの歌は私の習性なんかよりもっと深いところを流れる言ってみれば通奏低音、いつもすぐそばにある歌の気がする。正式名称は「ドン・ガバチョの未来を信ずる歌」。ひょっこりひょうたん島初代大統領ドン・ガバチョのテーマ曲。今日がダメなら明日にしましょ、明日がダメならあさってにしましょ、あさってがダメならしあさってにしましましょ、どこまで行っても明日がある。

この歌を歌い過ぎてガバチョさんの心性《しんせい》私に乗り移ったのか、今では私は自他ともに認める大の楽天家で、心の中かなりのおしゃべり。

「ひょっこりひょうたん島」が大好きだった。自慢ではないが、ひょっこりで歌われた歌は今でもほとんど諳《そらん》じている。ニヒルなダンディの口笛だって吹ける、かな。財布の小銭を数えるのは、つい一ガバ二ガバ三ガバスと言ってしまう。頭の柔らかい頃見たテレビの影響力は絶大なのだ。

あの頃。

ひょうたん島が始まったのは小学校四年生のとき、ちょうど東京オリンピックの年だった。家の周りはまだ舗装されてなくて穴だらけで、雨が降れば水たまり、晴れるとそこに青空が映ってきれいだった。小学生のころ、一日はとてつもなく長くて私はいつになったら、大人になれるんだろうと焦《じ》れて泣いた。

あれからもう五十年超。わが心のドン・ガバチョを懐かしくエッセイに書く日が来るなんて夢にも思わなかった。人生てぇぇ、不思議ぃなものですねぇ。

飽きない

小説は読むのも書くのも大好きです。実のところ、これほど面白いことが他にあるだろうかと思うくらい、私にとって大好物。だから飽きなかった。飽きないで続けられたのです。大抵のことは興味を持っても三日坊主。意志薄弱ですぐに自己嫌悪に陥《おちい》るこの私なのに……。

書きながら折々の発見が楽しく、また詰まってどうしようと手が止まってまた考える。解決策が見つかったときのヤッター感。「やめられない止まらない！」のお菓子のよう。

そうは言っても、私は鈍行《どんこう》列車です。速くうまくは走れない。のんびり、ゆったり。時に車窓の景色を楽しみながら来ました。ふと気が付けば、自分でも思いがけないところにたどり着いていました。私は存外《ぞんがい》幸せ者です。

かつて確かに生きていた人の声を

曇天《どんてん》、曇天曇天。だけど一条の光が差し込むときもあるんだね。暗い絵に一線の朱。生きておればいいことだってたまにはあるんだ。

思い起こせば今を去ること五十四年前。十月晴天の東京オリンピック。両の瞼《まぶた》を閉じますればはっきりと目に映るのはソビエトの重量挙げ選手その名もヤボチンスキー。国旗をお子様ランチの旗のように軽々と片手で持って入場したこと、金髪碧眼《へきがん》のベラ・チャスラフスカ、なんと綺麗だったことでしょう。高らかに鳴るファンファーレを聞き、東京の向こうに世界が広がっていると感じたのです。

あの時初めて、東北の田舎町の大柄の小娘は世界を知ったのであります。私だって。かび臭い暗い図書室で、この本棚の片隅に私の書いた本が並べばいいと思った。爾来《じらい》かたときも――、あっあっどうしたことでしょう。
脳内の住人が結界を打ち破り現実界になだれ込もうとしております。ひとこと、ひとことだけでも言わせてくれと、そりゃもう雲霞《うんか》のごとく、怒濤《どとう》の勢い――。

いがった、いがった、いがったん。んだ、んだんだ
おれはあのどぎ言ったんだ、ふんどしを質に入れても
おめば、だいがぐさ入れでやる。んだんだ
それにしても時間がかがった、んだんだまったぐ
人生どいうものはがん箱（棺おけ）に片足突っ込むまでは分がらね
片足どごろが、肩まで肩までして十まで数えねば分がんねもんだ
あぁ、おめはただのデブでねど、最初がら思ったん
ありがと、ありがと
山のカミィ、里のカミィ
まぶって（見守って）くれだのが　おらのごど

痛《いだ》ぐね　痛ぐね　てしたごどねでは　なにそれぐれ
しかだがね、なるようになるもんだでば
何如《なんじょ》にすべがぁ、何如ったりよ（どうしたらいいのだろう。ええい、どうともなれ）
待ってろ、今に笑えるどぎが来《く》っから
ズンチャチャチャチャチャン、ジンセイラクアリャクモアルサ
もういいでしょう
えぇい、静まれ静まれ
ハ・ウ・ス、ハウスってば

あぁ、脳内の住人ども、肩を組み足を踏み鳴らし、三々五々帰っていきます。

やっと静かになりました。

ええ、考えてみまするに、あの東京オリンピックから今度の東京オリンピックまで、あれからこれまでずいぶんと時が経《た》ってしまいました。小娘は白髪交じりの頭になった。

隣の家に借りに行った電話はもう携帯、スマホの時代。隔世《かくせい》の感がありまするが、人

の心は存外《ぞんがい》変わっていない、また変わってほしくない。

脳内の奥深くひそやかにだだ漏れる声を聴けば、かつて確かに生きていて生き生きと暮らしていた人の話し声聴こえるが如《ごと》く、その心を今に蘇《よみがえ》らせるのが私のやりたいことのようでもあり、まだまだこれから私発展途上人、ゆるゆると進みます。

山登りが好きだった夫がよく言っていました。
一歩前に進めば、一歩頂上に近づく。

「どん底」の圧倒的な笑い

趣味、映画鑑賞と言ってはみたいが、私はそれほど映画を見ていない。それでも心に突き刺さって立ち上がれなかったほどの作品は何本かある。三、四年ほど前に見た黒澤明監督の「どん底」（昭和三十二年）もそうだった。

私はそのころ迷っていた。構想していた小説には何かが決定的に足りないけれど、それが何なのかはっきりとはつかめていなかった。

この映画にのっけから引き込まれた。お寺の小坊主《こぼうず》が塵取《ちりと》りのごみを捨てる。捨てた崖下にまさに掃《は》きだめのようなぼろ屋があり、そこがこれから始まる映画の舞台なのだと分からせるのだ。それにしても聞きしに勝《まさ》るぼろ屋だった。あんな汚いセットは見たことがない。

つっかえ棒でやっと立っている柱、破れ障子、床にはきっと蚤虱《のみしらみ》が這っていそうで見るだけでむず痒《がゆ》い。そこに生きる人々の、「どん底」は群像劇だった。

登場人物すべてが際立《きわだ》っていた。誰一人として役を演じている人はいなくて、その人を生きている。人物ひとりひとりを取り上げて言ってみたいことはいっぱいあるけれど、誰か一人と言われれば鋳掛屋《いかけや》の男。水戸黄門でなつかしい若かりし頃の東野英治郎が演じていた。鋳掛屋とは穴の開いた鍋釜を修理する仕事らしい。

その男は始終不機嫌で鍋をがりがりと磨いている。おれはここのだらしない連中とは違う。いつか商売がうまくいってこの掃きだめを出ていってやるという意地が男を支えている。男のそばには結核で瀕死《ひんし》の古女房がいて咳込んでいる。この女は大丈夫極楽はあるからと言われて、それだったら安心してもう少しここで生きてみたい、と極貧のこの状況で生きる希望を言うのだが、翌朝には死んでしまう。弔《とむら》いの金を用立てるためにか、男は鋳掛の道具を手放してしまう。

私はその後の男の顔に衝撃を受けた。笑っている。軽蔑していたぼろ屋の住人と酒を飲んで笑った。どうしてだろう。商売道具も無くしてもうここから這い上がるすべはない。女房もいない。これ以上ない絶望の中で、男はこうせねばならないという、自分に課した枷《かせ》さえもなくしたのだ。見栄《みえ》もプライドも捨てて手にした解放感、何もかも無くした後の悲しみを潜《くぐ》り抜けた圧倒的な笑い。

笑いってほんとはこうなんだ。心のどこかで悲しみ一流、笑いは二流と思っていたところがあった。笑うことを軽く見る。でも笑うことはほんとは深い。生きることの全肯定なのだと思った。

映画の終わり頃、皆で歌って踊るのだ。笛も太鼓も口だけでコンコンチキノコンチキショー、仏《ほとけ》の沙汰《さた》も金次第、と皆でセッションするというか、ラップというのか。見ているうちにあの踊りの輪に私も入りたいと思った。極貧のあの人たちが羨《うらや》ましいとさえ思った。最底辺のあの暮らし、悲しみを笑いに変えるすさまじさ。

『おらおらでひとりいぐも』の主人公桃子さんの笑いは、あの時の鋳掛屋の顔いっぱいの笑いがヒントになっている。

人生の十冊

作家としてデビューする前、私はごく普通の主婦でした。とくべつ裕福ではないけれど、家族四人がご飯を食べられ、夫とは仲良く、子供たちもかわいい。充分幸せだったにもかかわらず、なぜか淋しかったんですね。まな板を叩いているだけのような生活に、飽き足りないものを感じてもいました。淋しさの理由を探すように読書をする中で出会った本を、ここでは挙げました。この本がなかったら今の私はいないといえる十冊です。

上野千鶴子さんの『家父長制と資本制』を読んだとき、感動と同時に湧き上がってきたのが「くそーっ！」という気持ち（笑）。それまで当たり前だと思っていた主婦の〈家事労働〉が、資本制社会が生み出した一つの制度だったということがわかったからです。内容のすべてを理解できたわけではないけれど、上野さんの言っていることは正しい、と直感しました。まさに主婦である私が置かれている状況が説明されていて、私の人生が、この本の正しさを証明しているとも思いましたね。

社会とは何かを教えてくれた上野さんに対し、人間とは何かを教えてくれたのが河合隼雄さんの『物語を生きる』です。

ある程度年をとると、人は自分の身に起きたことを捉え直して、人生とは何だったのかと考えるようになると思うんです。誰しも、自分の人生に納得して死に至りたいという欲望があるんでしょうね。そのためには物語が必要になると、河合さんは教えてくれます。この本には王朝物語がいくつか紹介されていますが、人間の心性《しんせい》は時を経ても変わらないことがよくわかります。人間というのは矛盾した心情や性質をいっぱい抱えながら、言い方を換えれば補完しあいながら、一人の人間でいるのだと。これは私のデビュー作『おらおらでひとりいぐも』の主人公・桃子さんの根幹を支える思想になりました。

『真夜中の彼女たち』には、淋しかった私を励ましてくれる言葉が詰まっていて、泣きながら読んだ記憶があります。樋口一葉や与謝野晶子など、「書く女」の人生が描かれているのですが、中でも惹かれたのが正岡子規の妹・律《りつ》さん。脊椎《せきつい》カリエスを患《わずら》う兄を献身的に看病する妹は、もちろん兄を心から愛しているのだけど、女性が自分の人生を選びとる難しさも感じずにはいられなかった。

ただこの本には、真夜中は魂を育てる時間だとも書いてあるんです。〈真夜中という おぞましくも豊かな時間〉という言葉に、社会に何の働きかけもせず、自分も〝真夜中〟にいるようだと感じていた私は、とても慰められ励まされました。

子供の頃から、言葉そのものへの興味も持っていましたね。好きな言葉のぬくもりや、厚みが忘れられないんです。『日本語のふしぎ』を読むと、平仮名の成り立ちとともに、漢字を輸入する以前の日本人が世界をどのように認識していたのかがよくわかります。日本人は自分も草も木も、また、目に見えないものも等しく「もの」と捉えていた。それを「ことあげ（言挙げ）」すると「こと」になる。語源の解説からはじまり、最終的に日本人とは何かにまで到達しているすごい本です。

町田康さんは大好きな作家で、『告白』は、まず主人公が使う河内《かわち》弁のダイナミズムに圧倒されました。私は東北の出身だから、東北の言葉で小説を書いてみよう、そう考えたのには、この本の影響があると思います。

冒頭、自分はコマ回しの達人だと自負していた主人公は、さらに上がいると思い知る。誰しもが経験するようなちょっとした挫折ですが、町田さんの手にかかるとこうなるのかと驚くような切り取り方で描写されているんですね。いつかこういう小説を書けたらなぁ、と思いましたね。

おこがましいのですが、こういう小説を、と意識している作品がもう一つあります。『楢山節考《ならやまぶしこう》』です。この小説のなかの老母・おりんさんに匹敵する現代のおばあさんを、自分の中で創りたいと思っているんです。おりんさんは、七十歳を過ぎると姥捨《うばす》て山に死にに行かなければならない理不尽な運命に真正面からぶつかり、運命を我が物にしていくような胆力《たんりょく》のあるおばあさん。明るくカッコいいです。

私が五十五歳のとき夫が突然亡くなり、息子に勧められて小説教室に通い始めました。これまで幾度も読み返してきた本がいつしか血となり肉となり、今度は自分の言葉で語り直したいと思うようになっていった。デビューまで六十三年という歳月がかかりましたが、私にとっては必要な時間だったと思っています。

人生の十冊

○『家父長制と資本制　マルクス主義フェミニズムの地平』上野千鶴子著（岩波現代文庫）
○『物語を生きる　今は昔、昔は今』河合隼雄著、河合俊雄編（岩波現代文庫）
○『ひらがなでよめばわかる日本語のふしぎ』中西進著（小学館、のち改題して新潮文庫）
○『真夜中の彼女たち　書く女の近代』金井景子著（筑摩書房）
○『レクチュール　知的興奮の誘い』甘木透子著（未知谷）
○『楢山節考』深沢七郎著（新潮文庫）
○『告白』町田康著（中公文庫）
○『椿の海の記』石牟礼道子著（河出文庫）
○「死者の書」折口信夫著（岩波文庫『死者の書　口ぶえ』収録）
○「母の罪」J・アフマード著、池辺晴彦訳（「新潮」二〇一二年一〇月号掲載、新潮社）

（構成・砂田明子）

自分が思い描いていた自分を、試せないままに家庭にいて、
自分の力を発揮できないで終わってしまう悔しさは、
私だけじゃなくて、
女の人一般に感じていることじゃないでしょうか。

土を掘る

我が家の裏に一坪ちょっとの空き地がある。この地に住んで三十年弱。初めのころは張り切ってミニトマトや胡瓜《きゅうり》、ナスにカボチャ、そうそうスイカも植えたことがあった。でもここ十年、ときどき思い出したように草を刈って、あとはほっときっぱなし。そのうち大根を植えてみようか、菜っ葉もいいな、なんて思っても生来が無精者《ぶしょうもの》。何もしないであっという間に時が過ぎ、そのうち笹竹の楽園と化してしまった。

今年の春、何をどう思ったかこの私、この笹をやっつけよう、人並みに野菜を植えてなんて欲をかかず、とにかくこの一角をふかふかの土地に変えよう。そこを裸足《はだし》で踏ん張る。足指に伝わる土の感触、温かみ、うん、どんなに気持ちいいだろうなんて考えて、まず上部分を刈り取った。一息入れた後、気が変わらないうちに三角鍬《くわ》というのを手に入れて、これは何でも知っている隣の奥さんから教わったのだが、ちょうどシャベルに長い柄《え》がついているようなもので、軽くて使いやすい。早速それを振り回してまずは目の先三十センチ四方の笹を亡き者にしよう。そしたら次の三十センチをと考えた。ところがこれが大変。笹というやつはまさに縦横無尽に根を張っている。土を掘ってこのにっくき根をば白日《はくじつ》の下《もと》にさらけ出し、しかる後にできるだけ長くこれを引っぱって刈るというのはやってみるとほんと大変だった。土を掘っ繰り返す力わざの作業。

ところが。はまってしまった。なんというか、手が足が肩、首、腰一同うちそろって喜んでいるという感じ。人間こうじゃなくちゃいけませんと言われているよう。それというのも気が付けば小半日《こ》座ったままでいたなんてことがよくある私の日常、今、毛細血管の隅々まで血がドクドク通っているんだと感じられて、やっぱり人は動いてなんぼのものなんじゃとしみじみと思った。

次の日はさらに張り切って、氷水の入った水筒に蚊取り線香、小腹のすいた時ようのアンパン、疲れた時の椅子まで用意して、準備は万全。掘った根っこは大きい順に並べることにし、夢中で笹の根っこと格闘した。さすがに疲れて何度目か椅子にどっかりと腰を下ろして目をつむった瞬間だった。

スコーン。

何かに打たれたように目の前が真っ白、体中が脱力弛緩《しかん》して、それが何とも言えぬ心地良さなのだった。ほんのコンマ何秒なのだけれど、後で考えて、あれがひょっとしたら無の境地というのかもしれない。もう一度味わいたいと思って、力いっぱい鍬を振り回した後に椅子に腰かけて目をつむるという動作を何度も繰り返したが、あれ一度っきり。でもあきらめきれないでいる。

そのうち、この夏のあきれるばかりの酷暑、さしもの私も熱中症が怖くて外に出られなかった。その間にふかふか状態半《なか》ばの土は緑の草に覆われたが、さすがに笹は生えていない。

秋口、涼しくなったらまた挑戦しよう。もう一度、がむしゃらに体を動かした後の至福の一瞬を今から楽しみにしている。

玄冬小説の書き手を目指す

史上最年長で文藝賞受賞などともてはやされて、私ってばすっかりいい気になってている。

何事も効率優先、最速最短が褒《ほ》められる世の中だ。それでも、「最」が付けば珍しがられるのだろうか。それだって、どうせほんの束《つか》の間《ま》ちやほやされるだけ、のぼせるなと緩《ゆる》んだ頰を両手でバチン、相撲《すもう》取《と》りのようにはたいてみる。考えてみよう。ほとんどの人が定年退職し、これからゆっくりしようなんてときに、六十三でやっとこさプロの作家の門前に辿《たど》り着いた私の意味。何だろう。

一年に春夏秋冬があるように人生にも四季がある。

青春のときはもうすっかり霧のかなた、ぼやけて見えない。朱夏《しゆか》のとき、私にもあったな。夫と小さな子供のために張りきって生きていたころ。白秋《はくしゅう》のとき、子供が巣立って夫と二人ゆるゆると秋の日差しを楽しもうと思っていたのに、早々と夫を亡くしてしまった。今ここ、かな。玄冬《げんとう》のとき、まさにこれから、独り生きる老い。どうなっていくんだろう、この私。どうしたって老いることをあれこれと考えずにおれない。

若い頃は、老いは余得《よとく》のように、人生の終わりにほんのちょっぴりおまけのようにくっついている時間と思っていた。試しに私の最も身近な女性であるところの母の人生を辿ってみたことがある。いつ結婚しいつ子供が生まれ、子供が成人したのは、結婚は、親の看取《みと》りは、孫の誕生はと、年表にしてみたら、母の生涯のイベントの多くはほぼ五十代後半から六十代初めまでに集中しているのだった。それからは平穏、悪く言えばヒマ。老後って長いんだと驚愕したものだった。今はさらに後ろにずれて、もうすぐ人生百年時代なんて言われている。老いの時間は子供の時代をはるかに凌駕《りょうが》する長い長い時間になったのだ。なし崩しに老いに向かっていいわけがない。ここはどう生きるか考えなければ、すぐに持て余してしまいそう。

実際、老いは今、分《ぶ》が悪い。超高齢化社会なんぞと言われて、老いが「問題」のように扱われる。その風潮を肌身に感じると、なにせ忖度《そんたく》する民《たみ》だ。居心地が悪い。若い人のお荷物になりそうで、足を引っ張りそうで長く生きることのすまなさを感じながら、ボケたらどうしようなんて不安にかられながら生きる。

老いることがしょぼくれてつまらなそうに見えるがそれでいいんだろうか。若い人にとってもそれでいいんだろうか、未来に希望が持てないとしても。

私は、どういうわけなのだろう、これから老いを生きるのが楽しみで仕方がないのだ。夫を亡くしてからというもの、死は不安ではない。むしろ究極の安全網と考えるようになった。どんな痛みも悲しみもそこで全部回収される。未来永劫《えいごう》の悲しみなんてない。そうであるなら、安心して冒険していい、積極的に生きていい。家庭を維持するため、子供を育てるためと我慢したあれこれの制約からも解放される。

老いの時間は子供の時間と同様、人生の最初と最後に与えられた自由に生きられる時間ではないのだろうか。安心して楽しんでいい、苦しんでいいと思う。いいことも悪いこともすべてひっくるめてあらゆる感情を今一度味わうための時間と考えてはどうだろう。怖いのはむしろ為《な》すこともなく縮こまってぼんやり生きることだ。絶対の安心を持って老いを眺めれば、人を完成に導く期間限定の豊かな時間のような気がするのだ。カッコつけかもしれないけれど、鉦《かね》太鼓、笛を鳴らして老年期こそ人生の本番と言ってみたい。

若い頃のあれこれは言ってみればデータを集めていたのだ、老いの今、そのデータを解析検討して、生きることとは何であったのかの成案を得るとき、楽しくなくてなんだろか、とか。老いて初めて長いスパンで物を見られるのだ。若い頃の一喜一憂は今思えばたいしたことがなかった。むしろあの時の欠落が、あの時の喜びがあったればこそ、今これがある、くらいの視点が持てる。そう思えば、幸不幸なんて人生の彩《いろど》り、底流で自分をどこに導こうとしているのだろう、それが知りたい、とか。たいていの役割を終えてやっと素《す》の自分に出会えるのだ。自分らしく生きられるのだ。持って生まれた美醜は仕方ないとして、生き方次第では味のある顔になれる、私はそこをめざそうじゃないの、とか。老いを生きる自分を励ます言葉の一つや二つ見つかるはずだ。それだって老いのとば口に突っ立って、中を覗き込んであれこれ言っているだけだから、甘いと言われればそれまで。ほんとうのところは老いを生きて初めて分かることなのかもしれない。

私は老いを生きつつ、同時並行で小説を書き続けたい。私の必要性に迫られて、自分を鼓舞《こぶ》し叱咤《しった》激励する、老いを生きる応援歌のような小説を書きたい。その中に私の老いの意味を探し当てたい。途中で倒れてもそんときはそんとき。

ふぁぁ。『庶民烈伝』のやぐも唄のおタミさん、良かった。もちろん『楢山節考《ならやまぶしこう》』のおりん婆さんもいい。深沢七郎の小説には魅力的なおばあさんがいっぱい登場してくる。抗《あらが》い難《がた》い状況に陥ると、自らそれを選び取ったと言わんばかりに正面切って戦いを挑《いど》むばあさんたち。願わくは私もあんな気概《きがい》のある女を描きたい。

気合を入れて、も一度バチン。

若いころは早く結果を出したいものです。
人より早く多くと。私もそうでした。
でも焦らなくてもいいんです。
日々を重ねて初めて手に入れられる感情があります。
時間をかけて経験を重ねて得る生きる手ごたえは
時間をかけた分だけ厚みがあります。
時間はあなたを裏切りません。

子供の時間、老人の時間、
飴玉の包み紙とおんなじ。
両端でひらひら、許される自由な時間。

うちに帰りたい

「うちに帰りたい」若い頃から私は何度もこの言葉を口にした。ひとり無防備のときにこの言葉が口をついて出ると言ったほうが正しい。帰りたい家ってどこなんだろう。何しろ当の自分の家にいるときでさえこう言ったから。郷里の実家にいるときもそうだった。

家ってどこなんだろう。いったい私の誰が言っているのだろう。問いが見つかると私はワクワクする。私の自己探索癖《たんさくへき》が始まる。ほかの人が見たらどうだっていいようなことを根掘り葉掘り考えることが好き。どうしようもない。興味の対象が外に外に向かう人と、内向きにこもる人がいると思うが、私は絶対後者のほう。

若い頃の私は、立ち止まってじっくり考えたいのに事象だけが先行してどんどん展開していくのが嫌だった。私は外見《そとみ》にはぼうと突っ立って何もしない、できない人間だった。こんな人間が社会にうまく適応できるわけがない。だから、妻の役割親の役割をほぼ終えて、日がな一日ぼんやりあれこれ考えられる今が一番いい、と思っているしょうがない怠け者だ。

それで、どこまでいったのだっけ。そう、私はずっと「うちに帰りたい」の意味を探していた。どうやら答えらしきものが見つかったのは河合隼雄先生のご本を読んでからだった。

先生は「人間はその存在を確かなものと感じるためには、たましいとつながっていなくてはならない」と書いておられる。先生の著書を通じて知った集合的無意識という言葉にもとても魅かれた。私のイメージでは各人の心の奥に極細《ごく》い紐《ひも》のごときものがあって、それをたどれば人類の共通の想いに行き着くような、たましいの根源に辿り着けるような、そういうものの存在がある。その一端を私だって握っていて、たとえ都会の片隅の孤独で頼りない私であったとしても確かな時間と空間に接続している私なのだ、私は根無し草ではないと思えることはずいぶん私を気強くさせた。ぽこんと浮かぶうちに帰りたいという言葉はその集合的無意識という大きな大きな集合体に戻りたい、胎児のように丸まって心行くまでたゆたいたい、という心の欲求ではないのだろうか。死に近い感覚だろうか、それとも生以前の感覚なのだろうか。生きている私はどうやったらたましいの根源に近づけるのだろう。屋根に登って星をせがむようなことなのだろうか。

私は昭和二十九年の生まれである。東北の田舎町の一般家庭の娘が普通に大学まで行けるようになったおそらく最初の世代なのだろう。大正生まれの私の父母は敗戦の痛手をまともに喰らって自分たちのごく身近にあったものに価値ありとは思えなかった。遠くにキラキラと輝く学問こそが子世代を幸せと繁栄に導くと思ったのだ。おかげで娘の私は学ぶ喜びは十分に享受することができたが、親の期待に応えることは終《つい》ぞできなかった。親の願いが切実であることは身をもって知っている。苦しかった私は学問そのものを疑いだした。学ぶことが私を幸せにしたかと。付《つ》け焼刃《やきば》の学問があるだけで私に実体があるのだろうかと。

今なら分かるのだ。私が否定したかったのは学問そのものでなく、それにぶらさがっていた功利性だったのだ。とにかくその頃の私は学問以外で私を根本から支えてくれるものを探していたように思う。当然というか必然というか、私はあるものに巡り合うことになった。親世代にはごく当たり前すぎて歯牙《しが》にもかけない、子世代では学問だけにうつつを抜かして顧《かえり》みることがなかったもの、それはつまりは土俗性である。生活に密着した記憶の集積ということなのだろう。端的に言えば言葉なのだと、受け継がれた話し言葉なのだと思うようになった。誰に教わったわけでもないのに私はやはり東北の人間なのだという思いが強い。あの風土の中に生きてきた人々のいわば血の記憶が私にも受け継がれているということなのだろう。もう一度私の中に流れる言葉を見直そうと思った。体を前後に揺すって拍子《ひょうし》を取って話をしたいというような欲望とも言えない欲望が私にはある。どこからか聞こえてくる言葉の断片。それもこれも含めて言葉が、もしかしたらあの帰りたかった家と私を繋《つな》げるものではないだろうか。脈絡《みゃくらく》があるようでないようなことをぼんやりぼんやり考え続けてきて、その時々の小さな発見も面白くて知らない間に時間が経ってしまった。気がつけばこんな年に、あは。

小説の神さまは待っていてくれた。
辛抱強く私のことを待っていてくれた。

母に会う

一月末、仙台の書店さんへの挨拶回りの帰り、予定通り母に会うことにした。母は仙台在住の兄の家近くの老健施設にいる。母に会うのは一年ぶりである。長い間の無沙汰《ぶさた》に気がとがめて私は落ち着かなかった。

母に会うのは正直嬉しさ半分、気の重さ半分なのだった。この前会ったときは私のことが分からなかった。「チサコだよ」と兄が言っても首を傾《かし》げるだけ、「母ちゃん、おらだってば」その言葉も耳に届かないようだった。どうせ行っても、という言葉が飛び出しそうで慌てた。

よその母娘さんがどうかは知らないが、私と母はこれまでに様々あった。何しろ母九十五歳、娘六十三歳、長きに亘る親子関係なのである。絵に描いたような仲良し親子だけではいられない。

私の母は大正十一年生まれ、なかなかに猛々《たけだけ》しい、大柄で頑健な女だった。子供のころは道を歩いていると知らない人に、「おめはとみちゃんの娘だべ、すぐわがる」なんて言われたものだ。私はと言えば母譲りの大柄が悩みの種だった。母はお婿《むこ》さんだった父にロークソ台、なんてからかわれていた。大足という意味らしい。何せ二十六センチ、これはさすがに私もかなわない。

仲の良かった父と母だったが、ある時けんかして、ひとりがいい、ひとりでいい、ひとりは気がそろうと言い放った。これは子供心にもかっこいいと思い収集していつか小説に使ってやろうと思っていた。『おらおらで――』でやっと実現した。何かの拍子《ひょうし》に「おらは、ほんとうは父さんよりずっと頭がいいんだ」とも言った。そういう母だった。

この母も子供のころは相当苦労したらしい。

私の家は遠野で呉服屋だったのだとか。遠野は物の本によると、かつては釜石宮古《かまいしみやこ》の海辺の物産と花巻盛岡《はなまきもりおか》の内陸の物産の交換の拠点で折々に市《いち》が立つほど栄えていた。皮肉なことに交通の便が良くなれば良くなるほどこの土地の相対的価値は薄れていった。我が家はけっこう大きな呉服商だったらしいが明治の中頃には家が傾いてみなちりぢりになり、今実家と同じ姓の家は遠野に一軒もない。

ほとんどの家が農家の中で祖父は土地を持たず、魚の行商で生計を立てていたらしい。当時の商《あきな》いは支払いも物で返されたらしく、母の子供のころは祖父と一緒にいって代金代わりの米や小豆《あずき》の入った袋を背負って回ったのだとか、それがすごくみじめだったと聞かされた。そんな話を聞くと何故《なぜ》だか、吹雪の原野を大きな荷を担《かつ》いで歩く母の映像が頭に浮かんで子供心にかわいそうだと思った。

女学校に行きたかったらしい。嫉妬して、行かせてもらえた叔母のカバンを隠したこともあったのだとか。

そういう母だったからか、私にしきりに職業婦人になれと言った。結婚はつまらないとも言った。母に言われてというわけでもない、私も教師になろうと思っていた。母と自分の二人分の夢を背負って地元の大学の教育学部に入り教員を目指したが、ついにうまくはいかず。二人分の夢は二人分の重圧となって圧し掛かった。母の期待を裏切ったという挫折感がそれからずっとついて回った。

結局平凡な見合い結婚をして家庭に収まることになった。母は喜んでもくれたが、結婚式当日の朝、おめはこの家のために何にもならなかった、と吐き捨てるように言われた。

すぐに息子も生まれて舐《な》めるようにかわいがってくれたが、母の残念な気持ちも肌身に感じていた。

夫は夫で父親からの期待を重圧と感じていて、どうせなら、親の勢力圏を離れて暮らそうということになった。若かった私たちはほとんど即決。夫は一から始めるという気《き》概《がい》に燃え、私にしてもいつまでも夢の残骸に取りつかれるのは嫌だった。かわいい盛りの孫を連れていかれる母の寂しさなど気づかずただ前しか見ていなかった。

こうして都会に出た。時はバブル。仕事には困らず夫は懸命に働いて家も建て、娘も生まれ、家庭の幸福に酔いしれていた時期、家の裏に小さな畑を作ってジャガイモを植えた。嬉《き》々《き》として電話でそれを話したら、ジャガイモを植えさせるために大学入れただわげでね、と母の言葉。何故《なぜ》等身大の私の幸せを喜んでくれないのかと憤《いきどお》って半年電話を掛けなかった。父と二人で子供の電話を待っているのを知っていながら。

思えば、母に電話して声を聴きたいと思うことは何度もあった。ダイヤルを回して途中でやめたことが何度あっただろう。掛けるのを躊躇《ちゅうちょ》したのは、私は母の前で常に戦場の一兵卒《いっぺいそつ》であった。一兵卒は戦果を口にしなければならなかった。曰《いわ》く、子供の成績がいいとか、夫の仕事が順調だとか、私は勉強を今も続けている、いつか……とか。母の前で胸を張って言えることがなかった日は重かった、ひたすら重かった。思えば私は母に弱音を吐いたことがない。相談したこともない。母もそうだった。寂しいなどと情緒的なことを口にしたことはなかった。互いに弱音は吐けない母娘だった。

子が成長して進学のために家を離れて初めて母もこの寂しさを味わったのか、と思った。

決定的だったのは夫が突然亡くなったとき。父亡き後の母の孤独を知った。私は母に何もしてやれなかった。

母はただ「十年我慢せ。そすれば楽《らく》になっから」とだけ言った。

大柄だった母は半分になって横たわっていた。本を見せて、「これおらが書いた」というと本を手に取って、帯をすらすらと読んだ。「六十三歳の新人、新たな老いを生きる……」裏表紙のあらすじを読むのもよどみない。前会った時、ボケていたのがうそのようだ。もしかしたら、母は父のところに早く行きたくてボケようとして、ボケきれなかったんじゃないか、そんな想像までさせた。何せうちの母ちゃんは頑健だから。さすがだよ、うちの母ちゃん。

すっかり嬉しくなって、久々におどけた一兵卒になった。

「あのな、母ちゃん、本がいっぺ売れで郵便局にいっぺ積んだぞ」母が笑って、兄さんにも分げろと言った。返す刀でおめもがんばれと兄に言う。「じゃあ」兄が大げさに頭を掻《か》いて、久々に昔の一家団欒だった。

新幹線の時間が迫って来た。別れ際、私は四十年間言いたくても言えなかった言葉を口にした。「仕事にいぐがら」

母は満足げに「いげ」と言った。

ひとりで生きていくことが、
もっともっと社会的にみとめられていいのに。
ひとりは否定されるべきものじゃないし、
生き方として絶対にありだろうと思っています。

小説の功罪

「北の文学」は若い頃の私の目標だった。いつか私の書いた小説が北の文学に載るんだ、が私の密《ひそ》かな夢だったのだ。当時、遠野《とおの》在住の及川敬子さんという書き手の小説が毎号のように掲載されていた。及川さんはおそらく今の私くらいの年齢。一度だけ遠野駅でお見掛けしたことがあって、お話ししたいと声を掛けようとしたのだけれど、どうしても勇気が出なくてそれっきりになってしまった。身近にこんな人がいる。私だっていつかはと夢は膨らんだ。

ところが原稿用紙に向かうと、さて何を書いたらいいのか全く見当がつかない。二、三行書いては消し書いては消し、くしゃくしゃに丸まった原稿用紙がたまるだけで自分が何を書きたいのかが分からなかった。

当時ぼんやり考えていたのは、この主人公にどんな悩みを着せようかというようなもの。悩みを悩む人間の些細《ささい》な行動のあれこれを思い浮かべようとして、そんなのはすぐに行き詰った。あの頃出来事の表層だけを追いかけてそこに主人公の思いを載せれば、それが小説だぐらいに思っていたのだ。

人間に関する洞察だの、世の中に向ける目線だの、大げさに言えば人間観だの世界観だのはっきり摑《つか》めていなければならないなんて当時の私には知る由《よし》もない。ただ原稿用紙を前にして空っぽの自分を見つけるだけだった。と言ってあきらめるという選択肢は全く思い浮かばない。何を根拠に小説を夢見ていたのか、当時も今も思いつかないのだが、小説はとにかく私にべったりと張り付いて、もう皮膚と同じ剝《は》がしようがないのだった。

そのうち岩手を離れ、北の文学からも遠ざかってしまったが、私は相も変わらず小説を書かなければという思いに取りつかれていた。そうは言っても書けない。私はそれを自分の怠惰のせいと思った。情けない奴、思いっきり罵倒して、それがそのまま私の自己認識にもなった。小説がなかったらどんなに楽だろうか、小説が私を責めると思ったりもして、小説を憎んだこともある。

一朝事《いっちょうこと》あって辛いときには、大丈夫、私には小説があると励ましの拠《よ》りどころにもなった。自己卑下《ひげ》から優越感までその時々の感情に小説はいつも寄り添ってくれた、嫌みなくらいに。

月日が流れて。

私はほとんどの時間を専業主婦として生きてきたから狭い世界にいたのだけれど、それでも子産み子育て、夫との別離、様々なことがあった。その頃、私はおそらくいつもぶつぶつと声にならない声を上げていたと思う。かろうじて言葉にすれば、あぁそうだったのか、というようなものだった。生きるということがほんとはどういうことなのかやっと分かった気がしたのだ。それまで点でしかなかった様々な出来事が意味を持った線として迫ってきた。そうだったのかそうだったのか、これを知るために生きてきたんだな、イチイチ納得した。書かなければならない。やっと書くべき中身が見つかったのだ。私にはあの若いきらめくような才能などなかった。ただ経験を通して分かったことを私の言葉で書くこと、それが私の小説なんだと、分かってきた。怠《なま》けて小説を書かなかったんじゃない、書けなかったのだ。時間が必要だった。経験という時間が必要だった。許す。やっと自分と和解できたと思った。

同時にただただ小説に感謝の念が湧いた。小説は重荷だった。こんなものが私に取りついたばかりに私はいつも幸せでいられない。何か急き立《せ》てられ、駆り立てられる。思いっきり邪魔な奴、そうは思っていても小説があればこそ、私という人間は散らからなかった、まとまっていられたのだ。どうやって小説を書こうという問いが私を育ててくれたのだと思う。

思えば小説との長い長い付き合い。付き合いはまだ今しばらくは続くのだろう。私の小説への思いは様々なときを経て変わって来た。これからまたどう変化するのか。それが何よりも楽しみな現在の私である。

家移りの祭り　映画『ガンジスに還る』

近頃、台風、地震、やたら災害が多い。否応《いやおう》なくむしり取られるような理不尽な死を目撃する。そうかと思えば超高齢化社会。緩慢《かんまん》な、実に緩慢な死も珍しいことでない。私たちはそのどちらも恐れている。できれば考えたくないこと、だが忌避《きひ》すればするほど、漠《ばく》とした不安に駆られる。いったい死をどうとらえたらいいのだろう。『ガンジスに還る』はその一つの解だと思う。

この映画は老いた父と中年の息子、その妻、孫娘の家族の物語である。死期が近いと悟った父は聖地バラナシの「死を待つ家」に向かう。忙しいビジネスマンの息子が付き添うことになる。

父はガンジス河で沐浴《もくよく》し、その水を飲み、ゆったりとその時を待つ。効率優先、利害得失を争う、言わば今を生きる息子は携帯片手にイライラのし通し。だが、次第に息子も緩《ゆる》やかな時の流れを取り戻していく。そうさせたものはガンジスの深き流れか、岸辺の光景か。父と息子に流れる時間が次第に共振しだす。

そこに至る何気ないインドの風景が美しい。

やがて老人は死に、鮮やかな黄布で覆った遺体を担《かつ》いで花を撒《ま》きながら家族は練り歩く。この国では死は原色の祭りなのだ。この世からあの世へ、家移《やうつ》りの祭り。しかも「還る」のだ。あの世からこの世への再来をも思わせる。繰り返される生の時間、死の時間。

生も死もその一つの通過点なのかもしれない。どんなに短くもぎ取られたような命もまた新たな再生に向かって動き出す。長く病んだ命もその時の生の形か。何か肩の力が抜けた、心安らいだ。

だいじなのは、時間だ。
歌っていいんだ、寝っ転がったっていい。
ぼんやりしてたっていいんだ。
大きく肩で息する時間、
それがあれば人の可能性ってどんどん広がるはず。

自分観察日記

人にはその人独自の「こだわり」というのがあるのではないか。他人にはどうでもいいようなことでも気になってしょうがなく、ついやってしまうこと。こういう私は実は根掘り葉掘りの探索癖《たんさくへき》。今でも小学校では、やっているのだろうか、朝顔の観察日記。それに倣《なら》って言えば私は自分観察日記を書くのが好きな人なのだ。かっこよく言えば、自己分析癖とそれで分かったことを面白おかしく語りたいという自己言及癖。どうやらこの二つはおそらく子供のころから私に巣くった二匹の虫である。

それでなんたらかんたら観察していると、まぁ心というものはあきれたもので、ものすごいおしゃべり、始終《しじゅう》どうだっていいようなことべらべらべらべら、ここかと思えばすぐまた別のことに話題が変わり、ずっとしゃべり続けているものなんだ（おらのあだまはまんでぶっかれラジオのよんた)。壊れたラジオならば音は聞こえないはずだが、子供のころの私はそう思ってた。(おもしぇいなぁ)と思ったし、(おらばりだべが、ほかの人もそうなんだべが)とも思っていた。それで周りを見渡してみるのだが、だいたいが昭和三十、四十年代ののんびりした田舎町。塾があるわけでなし、競争なんて運動会の徒競走だけ、そんな複雑系がいるわけもなし。わぁーという遊び声にかき消され引きずり込まれて、腹いっぱい笑いながら育った。元来が楽天家ののんびり屋のお調子者なのである。

それでも本を読むのは好きだった。静かな図書室で(本棚におらの書いた本があったらいいのに)と思ったことは鮮明に覚えている。「本を書く人」はそれ以来ずうっと私のきらきらした目標だった。それでもそれで生活できるとかそんなことは考えられず、高校時代からは地元で国語の先生になるというのが思い描いた具体的な夢だったのだが、これが採用試験を何回受けてもことごとく失敗。思い描いた夢はいつも私から遠ざかっていく。当然ながらこのころの自分観察日記は暗い色調。今思ってもこの時代は鼻をつまんで目を細くして一跨《ひとまた》ぎに跨いで通り過ぎたい時期。懐かしいなんて到底思えない。

それでもその後いい人に巡り合えて結婚した。劣等感の塊《かたまり》だった私が等身大の自分を認めていけるようになったのはこの夫の存在が大きかったし、またぞろ持ち前の楽天家でお調子者の自分が顔を出して、この夫と家庭を守って精一杯頑張るのだと思っていた。そうやって瞬《また》く間に十年は過ぎた。その頃の私は相変わらず家庭の幸福に酔うてもいたが、そうではない自分も知っていた。つまらない、飽き足らない、心の奥で私はそう思っていたはずで、それをはっきりと言葉にすることを恐れてもいた。言葉にしたとたんそれが顕在化する。これ以上行ったら危険、黄信号が灯《とも》ってあえて自分をうやむやにするときもあったはずだ。ずるいな。心って案外保守的で事なかれ主義なんだ。心の中から聞こえてくるさまざまな声を封印して都合のいい声だけを押し立てて生きている。人に見くびられないように、いい人と思われるように外に武装し、内に外に何重にも押し固めて見えなくなっている自分の心というもの、もう無邪気に面白いなとばかり言っていられなくなった。それでもいつも自分の心を探しているという一点で自分を許してもいた。家庭という狭い世界にいるけれど、台所からだって世の中は見える、そうそぶいて何とか心の均衡をとっていたところがある。

今思えば、浅く都合よく自分を耕していたにすぎない。

人が本当にものを考えるのは、危機に直面してからなのだろう。今までの自分では到底太刀打《たちう》ちできないことに遭遇した時から、頭から火が出るようにして考え始める。私の場合夫の死だった。絶望と孤独。やがてその中から見つけたことを何としても小説に書きたいと思うようになった。子供の時からずっと通奏低音のように小説を書かねばという気持ちはあったが、ずっと私のテーマが分からないでいた。ずっと考え続けてきたことの一つひとつが意味を持った線になったとき、この小説を書かなければ死んでも死にきれないぐらいの気持ちになった。私の使命、私はこのために生まれてきたぐらいに思い詰めた。先行する二、三のひな型の後、『おらおらでひとりいぐも』を書き始めたのは六十を過ぎていた。夫の死後五年。

時宜《じぎ》的にも自分を十分客観的にみられるという点でよかったのだろう。

こうやって書かれた作品を思いがけなく大勢の人が手に取ってくださったというのは、ほんとうに心が震えるほどうれしいことだった。もうこの作品のテーマだの意図だの書き手の私があれこれ言うのは余計なことだろう。桃子さんは私の手を離れたのだ。読んでくださった皆さんがそれぞれに桃子さんを感じ取ってくださったらいい。

もう私は次の作品に取り掛からねばと思って、しばらく立ち尽くしていた。二作目を待っていますと大勢の人に言われたが、思っていたことを書きつくした感があって、実のところ私が持っていたヒリヒリした思いは今はない。それでも手に取るように残っているのは、頭がキリキリするほどに探していた言葉が見つかって一文一行が出来上がっていく喜び、煮詰まってどうしようかあれこれ思い悩んだ時にやっと打開策が見つかって雀躍《こおど》りするようなやったぁ感、コツコツ書いてそれがたまっていくことの何とも言えない充実感だろうか。今一度、いや欲張りな私は何度でもあの思いを味わいたい。もう人の評価は気にせず、自分の好きなことを好きなように自由に書いていくんだと思ったら、このところの気負いが抜けた。私の書きたいのはやはり摩訶《まか》不思議な心というもののありよう。ずるくていじましくてけなげでたくましくて、そんな心が問い続けこたえ続けていくうちにどんどん高みに登っていくさまを描きたい。

書きながら年を取っていく自分の姿を夢想している。

自分を飾らない。
さらけ出して、卑屈にならない。

言葉で父を遺す

年を取れば取るほど、昔のことが色鮮やかに思い出されるって、これ、本当のことだ。今、なおさら懐かしい東北の短い夏の朝の一コマを書こう。

私は二十歳《さい》ぐらい。夏休みで帰省するたび、仏間で寝ていた。宵《よい》っ張《ぱ》りの朝寝坊の私は、その朝何度目かの鬨《とき》の声を上げる隣家の雄鶏の雄《お》たけびに辟易《へきえき》としている。薄目を開けて小窓から外をのぞくと外はまだ白い。そのうちガラガラと雨戸を開ける音。父だ。すぐにひんやりとした冷気が私の部屋にも漂ってくる。もうこんなに早くに起きなくてもと思っていると、今度は蚊帳《かや》の裾《すそ》が顔をなめていく。父が蚊帳を片付けているのだ。それでも罰当たりな私は夏掛けにしがみついて起きようとしない。そのうち枕元近くに父の足。神棚に向かって、

「孫、子が遠隔の地に居《お》りますれば、何とぞ神仏のご加護を」

と年三六五日同じことをブツブツと言い、大きな手で拍手《かしわで》を打つ。次いですぐそばの仏壇に向かってまた繰り返して言い、チーン。もうもうと線香の煙。さすがにそのころにははっきりと目覚めて私も起き上がる。台所から母の味噌汁の匂い。

これが私の夏だった。ありふれた光景。それがずっと続くと思っていた。今思い出せば泣けてくる。

父、元気でおれば一〇一歳、あぁ、そんなになるのだすか、と尋ねてしばし。そうか娘の私六十四歳。何の不思議もないのが、不思議だ。

私は小さいころから父大好き人間。父が休みの日は、父の後を追いかけて後ろから笑わせるのが好きだった。

「おらはトビタカは無理だと思う。トビトビかな。もしかしてトビカラス。トビスズメだったら、どうすっぺぇ」

父の太った背中が揺れて、振り返ってなんにしても俺はトビなんだなと笑った。

父が亡くなって二十年以上経つ。それでもそちこちに父の気配があるのは、私の語彙や言い回しの中に父由来のがいっぱいあるからだ。それを使うたび、私の中の父が蠢《うごめ》き出す。父は、一転にわかに掻《か》き曇り式の持って回った古めかしい言い方が好きだった。そのせいか、私も講談調が好き。私の文章を口承文芸と言ってくださった方がいたが、それは多分に父によるところが大きい。私はどこかで父を遺してあげたいのだ。故郷を離れ、あの懐かしい我が家を空っぽにしてしまった身としては、せめて言葉で父の口吻《こうふん》、故郷の訛《なま》りや匂いを遺してあげたいと思って小説を書いているところがある。

おタミさんとおくまさん

『楢山節考《ならやまぶしこう》』で知られる深沢七郎さんに、『庶民列伝』という短篇集があります。「列」ではなく「烈《はげ》しい」という字をあてているのですが、本当にここには庶民の凄《すさ》まじい生き様が描かれています。

特に「おくま嘘歌」と「安芸《あき》のやぐも唄」が好きです。

「おくま嘘歌」の主人公・おくまは、自己犠牲が内在化されたおばあさんです。嫁いだ娘を楽にしてあげたいと、遊びに行っては代わりに孫をおんぶするのですが、すぐに肩が痛くなる。それを娘に気取《けど》られまいと隠れておぶう。おくまは自分の気持ちを置き去りにして、人のために尽くすのです。死ぬ間際も、元気になっては迷惑をかけるからと、トコロテンのような栄養のないものばかり口にする。

献身的な素晴らしい女性だと評価する人もいるでしょう。でもこれまで、私たちはおくまのような女性の存在の上に胡座《あぐら》をかき、知らんぷりし、こうした人の犠牲の上に世の中を回してきたような気がして、私は身につまされるのです。おくまのような女性を褒《ほ》め称《たた》えちゃいけないんじゃないか、とさえ思う。

一方で「安芸のやぐも唄」の主人公・おタミは、おくまの対極にいる女性です。おタミは広島の原爆で子供も孫も亡くします。自身も原爆の光で盲《めし》いてしまう。すべてを奪い去られてしまったおタミはアンマとして暮らします。ところが香典などの近所付き合いも断る。反原発デモに誘われても行かない。同調圧力に屈しないのです。

《ただ1ツ、おタミはかたく抱いているものがあったのである。あの七色の雲が現われたときから、ただ1人で生きていくことしかないのである》

この言葉に驚き、かつ共感しました。私も五十五歳で夫を亡くし、絶望に囚《とら》われました。一方で、これ以上の悲しみがあろうかと開き直り、覚醒したところもあった。夫を亡くさなければ、きっと小説『おらおらでひとりいぐも』は描けなかった。この中で、《おらは人生上の大波をかっ喰らったあどの人なのよ。二波三波の波など少しもおっが

なぐねんだ》

と書きましたが、おタミの心情とも重なります。おタミは絶望の中で自分の強さに気づいた。自分の強さしか頼れないと悟った。だからなにものも恐れない。なんという強さでしょう。

そして、献身的なおくまを「嘘歌」と指摘し、おタミの強さを描く深沢七郎という作家は、なんという素晴らしい書き手でしょうか。

深沢七郎の『笛吹川』も好きな作品です。武田信玄の時代、山梨の百姓一家六代の物語で、ここでは誰かが死ぬと、ボコ（赤ん坊）や馬となって生まれ変わると信じられている。この死生観も面白い。この物語でもまた、作者は歴史の偉人・信玄ではなく、普通なら見向きもされない人たちの人生に焦点を当てます。

認めたくはありませんが、私ももうすぐ「おばあさん」。若さという資源もそろそろ底をつき、いろいろな人生の役割も終えて、あとは出し殻《がら》になるだけか。だからこそ、ケツをまくるといいますか（笑）、好きに生きていいのだと思う。おくまではなく、おタミの生き方です。
自分の考えひとつで、いかようにも生きられるのですね。

（構成・角山祥道）

女の人生はいつだって面白い

『女の大老境——田嶋陽子が人生の先達と考える』という長い題名の対談集。面白くないわけがない。何しろ登場される方々は、北野さき、養老静江、北林谷栄、小西綾、いずれも明治生まれの「女の大老境」を語るにふさわしい面々。老境に差し掛かったばかりの私としては「姐《あね》さま方、長《なが》のお勤めご苦労さんにござりやした」と深々と頭を下げつつ本をひもときたいところ。

聞き手の田嶋陽子さんもいい。田嶋さんが盛んにテレビにお出になっていた頃、実は私は彼女にあまり好感を持っていなかった。何の策略もなしに思ったままを口にする彼女の戦法ではフェミニズムがただの女のヒステリーに受け止められかねず、男たちに面白おかしく揶揄《やゆ》されるだけではないのか、と。でもこの本の中の田嶋さんは懐《ふところ》に飛び込んで明治の女の気概《きがい》を思うさま引き出している。田嶋さんの熱のある話しっぷりがそうさせるのだろうな。それにしてもこういう人生の諸先輩の話を伺って敵《かな》わないなぁと思うことがある。「結婚はつまりは飯炊《めした》きでしょ。なんで好き好《この》んで……」と口にする人がいることである。

ああ、ある意味結婚の何たるかを喝破《かつぱ》する卓見、あの頃の私に聞かせてやりたかった。私はごくフツーに何の疑問も持たずに結婚した口である。結婚ウフ、ああしてこうもしてムフフとあこがれた大甘ちゃんだった。それがいかにしてフェミニズムに目覚めたりしか。

以下、大老境と真逆のへなちょこ老境に至るまでをひとくさり。

家族が寝静まった夜、ひとり持ち駒（笑）を数えることがあった。優しい夫、男と女と二人の元気な子供たち、上を見ればきりがないけど、でもまずまず幸せな私の暮らし。それなのにこの寂しさ、つまらなさ、物足りなさは何だろう、と。当時市立図書館に歩いて五分のアパートに住んでいて下の子供を背中にくりつけて毎日のように通った。手探りで見つけたフェミ本を読んでは、この本の正しさは私の人生が証明している、なんて涙と一緒に納得したっけ。と同時に予盾するようだけれど、私は女の生活の豊かさにも気付くようになった。男に伍《ご》するとばかりに勉強したのだけれど、それは言ってみれば机上の学問。家庭生活は具体また具体の積み重ね。そこに豊かな工夫や細やかな感情があるのだと思い知った。今思えば、頭でっかちが地道に生きることを覚えたということなのだろう。

そんな頃、目に飛び込んだ言葉がある。平成言文一致体、あるいは平成ジェンダー体。これだと思った。今まで何の疑いもなく男の発想で語られた言葉を使っていた。そのうち考え方そのものも男に同化していたのではないか。でも私は以前の私とは違う。私の思いは私の文体で語られなければならない。

もともといつかは小説家にと思っていて、そして小説とは詰まるところ文体だとも思っていた。やっと女が語る女の文体を探すべきなのだと照準が合った。それから意識的に魅力的な文体を探した。当時、田中美津さんの生き生きとした口語体にあこがれた。直接私にだけ話しかけてくるような斎藤美奈子さんの文体。伊藤比呂美さんのやるせなくも艶《なまめ》かしい文体、古武士の風格の吉野せいさんの文体。そしてやっぱり石牟礼道子さん。むせかえるような豊かな文章に心惹かれた。いつかきっと気長く執念深く人まねでない私の文体を探そうと思った。フェミニズムは私の場合、文体の獲得と不可分だった。

そういう私も今年前期高齢者の仲間入りをした。今自分をフェミニストというと少し気恥ずかしい。私はむしろ個人主義者だと思っている。紆《う》余《よ》曲《きょく》折《せつ》を経てたどり着いたところは、今のところ「おらはおらにしたがう」という条文一条だけの自分憲法だ。誰の指図も受けない自分で考えて自分で動くというのを自分が自分に課するというか、そういつだって私、いつだって自分第一。それでぼちぼち行こうと思っている。

弱気の日に

ああ、この暑さには耐えきれない。

クーラーにあたってばっかり、ろくに運動もしてないからって。それが悪かったんだよ、夏風邪引いてしまった。咳がひどくて眠れないじゃん。眠れないって、こう何日も続けばけっこうつらいね、ペットボトルのお茶ばっかり。何にも食べたくなくなった。

ええ、このわたしが。今まで作りたくないってことは多々あれど、食べたくないってことは一度もなかった、このわたしが。

まさか、このままずっとってことはないよね。

そうか。こうやって食べたくなくなって、食べられなくなって、衰えていくもんなのかな、寂しいな。

またすぐそれだ。すぐ悪いほう悪いほうと考える。

仕方がないよ。若いときはさ、治るって前提で物を考えるんだ。年を取ったら、もしかしてこのままずっとって、そんな考えがすぐ頭をよぎるんだ。

その思い癖《ぐせ》なんとかならんか。

大丈夫だよ。まだまだだよ。命って、案外しぶといものなんだって。死ぬまで生きるものなんだって。あは、父の金言。

そっか、そうだよね。

うん、寝苦しい夜、咳と咳の間からだって薄暗い天井は眺められるんだ、眺めながら、あしたは何を食べようってさ。それだっていいじゃない。

ああ、脂っこいものは一切だめだ受け付けない。

白粥《しらかゆ》に梅干し、それがいい。梅干しは去年漬けたのが、封を切らずにあるはずだ。

白粥に梅干しか。いいね、それだったら。……ああ、父さん、まだいたの。

待ってよ、父さん。それ無理だよ。受け付けないよ。つき立てのお餅なんてさ。

……父さん、餅つき機二台めだよ。嫁に来るとき、父さんが持たしてくれた餅つき機ずっと使ってたんだけどさ、モーターがいかれてうんともすんとも動かなくなった。あのときは寂しかったな。わたしってば、すぐ二台め、買いに走ったんだ。もうすぐ独り暮らしになるってときだったのに。

父さん、餅好きだったよね。田舎風の、市販の餅だったら五、六個分の大ぶりの餅を七つも八つもペロリ。俺は餅喰《く》いだ。餅喰いは丈夫なんだって威張ってた。「賃餅《ちんもち》を買うような情けないやつになってくれるな」、それが父の口癖だった。スーパーの総菜は平気で買うくせにナントカの切り餅は買わない、買えないんだ。

父さん、褒めてよ。いまだに父さんの言いつけを律儀《りちぎ》に守っているんだよ。

うん、父さん。あしたはお餅つこうね。クルミ餅にしようか。

すり鉢にすりこ木で、クルミをすりつぶしてしっとり油が浮いてきたときに、水と砂糖と醤油だけ入れて作るクルミだれ。

つき立ての柔らかい餅にたっぷりのクルミだれをかけて。ああ、ほんとに食べたくなった。どうせなら、胡瓜《きゆうり》と生姜の酢の物とそれにやっぱりお煮しめを添えてね。

食べようね。いっぱいね。いっしょにね。

宴のあと

芥川龍之介に「芋粥《いもがゆ》」という作品がある。芋粥を心ゆくまで食べたいと思っていた男が念願叶うと得体のしれない寂しさに襲われるという話。

芥川賞を受賞して、ひとしきり賑わったあとの私の心持もこの芋粥の男に似ていた。私の場合、夫の早すぎる死がまず先にあった。夫がくれた独りの時間を絶対に無駄にしない。ならば子供のころからの夢を実現しよう。喪失の空隙《くうげき》をそう心で変換して私はがむしゃらだった。あきらめることなど思いつかない。いつも突き上げるような渇望があった。十年経って、私の戦いは終わった。私の夢は思いがけない形で叶った。深い静かな満足感があった。

でも、私を駆り立てた歯ぎしりするような思いはもうどこにもなかった。頭ではやりたいことがある。でも心が動かない。抜け殻《がら》になってしまった自分をどうすることもできないでいた。

同じころ、体に変調をきたした。足が冷えて固まって思い通りに動かせなくなった。昨日までごく当たり前にできていたことが今日はできない。これほどショックなことはなくて私は気が動転した。

まだずっと先だと思っていた老いがすぐそばに来ている。

こんな状態が続くなら、五年先どころか二、三年先の自分さえ想像がつかない。寝たきりになるんじゃないか。縮小、衰えに向かって日々いうことが利《き》かなくなる足を引きずってそれでも生きていく意味があるんだろうか、気の塞《ふさ》ぐ問いが頭をもたげた。みじめな自分を人にさらすのが嫌で内にこもりがちになった。もちろん手をこまねいていたわけでない。医者にも通ったし、考えつく限り、整体だの、漢方薬だの鍼灸《しんきゅう》、酵素風呂だのいろいろ試してみたものの、これと言ったはかばかしい結果は得られなかった。

こんな状態が半年も続くとさすがの私も落ち着いてきた。というか、この状態を受け容《い》れるしかしょうがないじゃないかという気分になった。それに心のどこかでうまいことできているんだなぁと感嘆する気持ちもあるのだ。

私を駆り立てた悲しみはいつか柔らかな悲しみに変わった。もう私を急《せ》き立てたりしないのだ。自分を奮《ふる》い立たせる新たな課題を私は欲しているんじゃないのか。その時に降ってわいたようなこの足の不調。これはきっと偶然ではない。

どう言ったらいいのだろう。私は何か困難なことに出くわすたび、その苦しみに意味を探してしまう。意味を見つけてなるほど私に必要な苦しみだったと納得して立ち向かう。

どうしても人智の及ばない何か摂理のようなものがあって、そのものが私にそう仕向け、私はそれに全力でこたえたい、という思いが働く。青臭いと言えば青臭い、私の思い癖。それでもこれで今までやってきたのだ。

足を見る。足をさする。今まで当たり前すぎて見向きもしなかった手、足、私の身体にやっと正面から向き合おうという気持ちになった。これまで生きてきた歳月を思えば、自分の手足にさえ、いとしさがこみ上げる。頑張ってきたんだよね、と労《ねぎら》う気分。音楽に合わせてよたよたと足踏みすればそれでも身体が喜んでいると感じられる。人間て動物なんだ。動いてなんぼのものなんだ。もう私は身体の喜ぶことだけしてやろう。いつまで動けるか分からないけれど今はとにかく体を動かしてその小さな喜びに耳を傾けよう。私の自然に帰ろう。そういう時期に来ている。ずっと、心が主で身体はそれに付随したものとないがしろにしてきた私にはなんだか目新しい発見だった。

梅雨《つゆ》の晴れ間、久々に山に登った。山と言っても家から車で十五分ほどの小高い丘のようなところ。転倒防止用のストックを両手に、若いころの何倍も時間をかけて登った。草の匂い、鳥の声、踏みしめる土の柔《やわ》さ、しみじみ。今を生きていると感じた。先のことなど思い煩《わずら》うことはないのだ。帰《き》するところに帰する。ただ自分を喜ばせることに心を傾ける。それによって生じた心の変化を克明に書いてみたい。そうだった。もともと分かりたい、分かったことを書き記したいが、私の根源の欲望だったはず。もう一度やってみよう。ただ自分を喜ばせるためだけに。

コロナの時代

私は子供のころからチャンバラもののドラマが大好きでした。「座《ざ》して死を待つより、おのおのがた、いざ、打って出よう」なんて台詞《せりふ》にシビレました。

今、コロナの時代。私たちは内向きな生き方を強《し》いられています。高齢者であればなおさら。人を孤立分断させる新手の病《やまい》ですが、心まで内向きに屈してなるものか。私はしなくてはならない用心はしながら、臆《おく》することなく外に出ようと思っています。独り生きるのも愉《たの》し、人と関わるのも愉し。何より自分を喜ばせることが一番だいじ。

『おらおらでひとりいぐも』は大勢の内なる人の声を杖に柱に自由闊達《かつたつ》に生きようとする老婦人を描いたものです。日々を積み重ねて得た経験が何より尊いと私たちは知っています。自分にとって何が良きものであり、悪《あ》しきものであるかも分かっています。だから、培《つちか》ったものを、表《おもて》に出て声に出すべきときではないでしょうか。あとに続く若い人たちのために。老年を生きることはすべて決算を付けることなのかもしれません。

私は、言いたいと思います。

さあ、おのおのがた、いざ、打って出よう。そして老いを楽しもう。

変幻自在な面白さ　井上ひさし『化粧』

「お釈迦様に刺青彫《いれずみ》ってドスを持たせたよないい男」

「おれの命は夏場の牡丹餅《ぼたもち》、どうせ夜までもちそうもねぇ」

「海を眺めて育った人のなぜか気になる山里暮らし」

脚本のどのページを開いても味のあるセリフ、くすっと笑ってげらげら笑ってそのあとほろっとくるような、それに何といってもこの回転のいいセリフ回し、どこで息継ぎするかまでちゃんと計算し尽くした七五調の名調子、ついつい独り暮らしなのにあたりを見回して、誰もいないのを確かめてから、こっそり女優さんになった気分でセリフを言い、ちょっとは身振りもつけてみる。いいないいな。

ああ、一度生《なま》の舞台をこの目で見たかった。

井上ひさし作、渡辺美佐子演じるひとり芝居『化粧』。

当時は子育て真っ最中で、時間的にも経済的にもそんなゆとりはなかった。テレビで視て心惹かれて、そのあと脚本を何度読んだだろうか。渡辺さんご自身が書かれた臨場感半端ない脚注のおかげで、主人公の旅芝居の女座長、五月洋子のセリフも動作もすっかり心に焼き付いてしまった。子を捨てた痛みを心に負っている。「お乳が出なくなった」この女らしいセリフを股旅《またたび》姿剝《む》き出しの腿をバチンとはたきながら言うのだそうだ。

このセリフこの動作一つでもこの女性の人生が垣間見える。芝居が好きだったんだね。仕事に生きたんだ。それが年老いて疲れて、心を堰《せ》き止めても堰き止めても、捨てた息子が訪ねて来てはくれないだろうか、孫のひとりも抱いて縁側でひなたぼっこしながら子守唄歌ってと夢は膨らみ、そして破れる。ついに狂気の中、叶うことのなかった親と子の至福の情愛を芝居で演じ続けるのだ。その芝居小屋ももうすぐ取り壊される。

鏡のない舞台でお化粧をしながらたった一人で何役も演じる、劇中劇あり、どんでん返しあり、笑いも涙も何でもありのこの舞台。年を取るにつれこの女座長五月洋子の生き方そのものにも魅了される。

五月さん、あなたはちっとも不幸せなんかじゃないよ、芝居があったんでしょう。それでいいじゃないですか、背中を撫でさすりながら一緒に泣きたい心持ち。

優れた芝居は凡百《ぼんぴやく》のお仕着せの幸せなんか軽く蹴散らして、百人いれば百通りの幸せの形があってそれでいい。どんな人生も生きている限りは素晴らしく尊いのだと認めてもらえ、今今のわたしを励ましてくれる懐《ふところ》の深さがある。ついつい五月洋子のセリフよろしく、

「迫力で決めちまおうね」と叫んで残りを見据える。

それにしても井上ひさしさん。頭も心も一番柔らかかった子供のころ、『ひょっこりひょうたん島』できつすぎるパンツのゴム紐、肌に食い込むよな洗礼を受けて以来、わたしは言葉の変幻自在な面白さの虜《とりこ》です。私の精神的組成のかなりの部分はあなたに負うているのです。失礼を承知で言えば、私はあなたの娘です。どうかどうか気を悪くしないでください。たった一度でもお会いしてありがとうございました、とお礼の一言でも言いたかった私です。すごいです。すごすぎます。井上ひさしさん……。

上がらない質

私ってば人前で全然上がらない質《たち》なんだ、って若いころから気付いてはいましたが、それが何だってんだ、地味な私の人生にそんなことはどうだっていいことじゃないか、そう思っていたのです。でも人生って不思議です。思いっきり地味な私の人生の、後半戦も後半戦に光が当たり出しました。何かのホービという努力したという思いもない。ただ好きだからやってこれただけの小説。それがみなさんの耳目《じもく》を集めて忙しかった二〇一八年、極めつけは師走《しわす》、盛岡劇場で文士劇に出演することに。えっ、盛岡。心が震えました。

盛岡は大学時代の四年間を過ごした懐かしい場所ですが、懐かしすぎてほろ苦い。あの頃の私は何にも分かっちゃいなかったのに、やたら観念語をふりまわして分かったふり。夢ばかりは大きくてそのくせ何にも努力してなんかいなくて。生意気で尖っていて。思い出すだに恥ずかしい。大学に入ってみたものの、教育学部で学んだものの……だった私にとっていつか盛岡の四年間は恥ずかしくて情けなさすぎてできれば思い出したくない、鼻をつまんで目をつむってえいやっと、一跨《ひとまた》ぎに飛び越えたい時間でした。

その盛岡で、お芝居の舞台に立つというのです。恥ずかしくて顔向けできなかった盛岡です。でも今度こそ、私は盛岡に、岩手山に正対できる。そうなんです。年を取れば取るほどに、どこに住んでいても私は岩手県人なんだ。お国訛《なま》りのこの言葉、人情への愛着は強まるばかりなんですね。そういうわけで一度だけとお引き受けしました。

練習というか、稽古は思いっきり楽しかったのです。というか連日稽古の後の飲み会が何か学生時代に戻ったよう。稽古は夜でしたから、暇な日中は思い出のあの場所この場所を廻ってみました。四十五年前とすっかり様変わりしていて、ずいぶんと都会的な街に変貌していました。でも道路は昔とおんなじで覚えていました。ああそうだったそうだった、ここで夫と初めてデートしたんだ、懐かしい思い出もよみがえりました。

そうやって迎えた当日。

私はやっぱり上がりませんでした。だから、お客さまの反応も良く分かりました。私のセリフ、一挙一動に笑い、拍手してくださる。なんというかそれがとても温かいのです。

舞台の袖で見ていても、戊辰《ぼしん》戦争の当時の南部《なんぶ》藩のありように、楢山佐渡《ならやまさど》という男の愚直で真摯な生き方に涙して手をたたいてくれる。一緒になって応援してくださる。

舞台というのは観客と演じる側とみんなで作り上げるものなのでしょうね。何か劇場全体が一つになる、この一体感がいいな、と思いました。フィナーレのときのお客さまの盛大で温かい拍手、いいな、何度でも味わいたいなと思っていました。

また来ます。盛岡。

自分を磨け　内館牧子『すぐ死ぬんだから』解説

忍《おし》ハナさん、かっけー。

こんな婆さん、好きだなぁ、いや、こんな女性に同性として惚《ほ》れまする。

小説冒頭からビシバシと鞭《むち》うたれる心地、人は見た目が一番。若さを磨け、老化に磨きをかけてどうする、ですもん。人は中身っていうやつほど中身がない、ですもん。イチイチごもっとも。

私なんか、ぶしょったれで、もっかい嫁に行くわけでなし楽が一番とばかり、ゴム入りのズボンに出っ腹が目立たないようにだぶだぶの上着。そもそも服のどこを何というか名称も定《さだ》かでない。今どき私ぐらいでしょうか、チョッキって言う人。そうそう、たまにスーパーで買ったような安い帽子にリュックで外に出かけます。それもコロナ禍《か》で減り、おまけにマスク生活では肌の手入れも化粧も怠《おこた》って、シミたるみソバカスいっぱいの現在に至っております。反省しきりです。うすうすはなんとかしなければと思っていたのです。

今この文章を中断して顔を洗ってきました。そう言えば、石鹸使った朝洗顔、何日ぶりか。久々にお肌の手入れ化粧を施《ほどこ》し、そしたらこのだらしない恰好《かっこう》も何とかしたくなり、たんすをかき回して、今、花柄ブラウスにグレーのスカートです。うふ。確かに外目を決めれば自《おの》ずと背筋も伸びますやる気も出ます。そういうことなんですね。分かりました。遅ればせながら、ほんとに遅ればせながら、オンナ磨きます、と決意表明したところで、私の思うところを少し。

私がハナさんに惚れるのは、我慢しない女だからです。主張する女、吠える女だからです。

どうしてでしょう、私たち。目立たないように、でしゃばらないように、控えめに、おとなしくというのが骨の髄《ずい》まで染みついているんでしょうか。己《おの》が欲望を悪とでもとらえているんでしょうか、これをけちょんけちょんに押しつぶし無きものにして、大勢に従うことを良しとする風潮があります。空気を読め、ですと。これを日本人の心性《しんせい》などとは口が裂けても言いたくない。ましてや美風などというやつには心底腹が立ちます。しかし、御《ぎょ》しやすいでしょうね。権力を持ってこれを治めようなんて言う人には。なんせ、言いなりなんだもん。私は恐れます。ひとたび悪意を持って悪しき方向に連れて行こうなんて輩《やから》が出てきたらひとたまりもないんじゃないかと。

コロナ禍のせいもあるんでしょうか、世の中全体が今暗く重苦しい。

こういう時代に、老いることは何か分《ぶ》が悪いってか、お荷物扱いされそうで気分が悪い。そういう風潮を敏感に察してなのか、子供に迷惑かけないようになんて、五十六十で早々と店じまいするかのように身辺整理なんて考える人もいる。それが悪いというわけじゃないけれど、何か内向き、後ろ向きの感じがする。

そもそも、老いるということはそんなにショボい寒々しいものなのでしょうか。

私は、老いることも成長のうちと思っています。

確かに体力の衰えというのは如何《いかん》ともし難いものがあるでしょう。でも百メートル徒競走するわけじゃなし、普段の生活を営《いとな》むぐらいの体力に若いころと比べてそれほど遜《そん》色《しょく》ないでしょう。

経験という実験とその結果を、つまりはデータを私たちはいっぱい持っています。それをもって推し量るに若いころは分からなかったけれど、今だったら分かる、ということがいっぱいあると思います。知力は、深い意味の知力も確実に成長していると思います。

体力、知力、まだまだ十分として、あとは気力だけ。実はこれが一番重要じゃないでしょうか。

気力、つまりやる気を削《そ》ぐのは実は目に見えない慣習のようなものだと思います。例えば、「老いては子に従え」なんて気分がいまだに毛穴から浸透している。何で今さら江戸時代の封建道徳がと思うかもしれませんが、老いたら膝を畳んでという気分が知らず知らず染み付いて、気力を萎《な》えさせていると思います。実際、高齢者になってみると、あれ、昨日の私とそんなに変わらないじゃないか、と思うのですが、年を取ったらこうならなくちゃなんて、つい自分を小さくまとめてしまう。

こういうとき、ハナさんのひと言ひと言ガツンときます。

しっかりしろ。自分を磨け。

シャンと歩け。セルフネグレクトなんてとんでもない。

自分をだいじにしろ。好きなように生きろ。思い通り生きろ。

ハナさんの言葉はともするとうつむきがちな私たちの気力を奮《ふる》い立たせてくれます。

老いてこそ自分に従えと言っている。こういう流されない生き方、私は好きです。といってハナさん、品行方正の人ってわけでもない。チクチクと息子の嫁さんへの毒舌っぷり。この人間臭さがたまらない魅力です。

小説世界の住人であれ、現実の人であれ、日ごろの自分に喝《かつ》を入れてくれる人は貴重で得難《えがた》い友人です。忍ハナさんに出会えて良かった。

忍ハナさんの生みの親、内館牧子さんに私は一度お目にかかったことがあります。

内館さんのお父様が盛岡のお生まれ、私も遠野出身ということで盛岡文士劇に一緒に出させていただきました。内館さんはそこの常連さん、看板スターです。私は初出演。

ちなみに文士劇は衣装からカツラから本格的で、涙あり笑いあり、とにかく大興奮の楽しい舞台でした。内館さんは初対面の私に開口一番「ねぇ、老後は盛岡で一緒に暮らさない」とおっしゃった。私アワアワ。無理もないです。若いころからあこがれていた作家さんが目の前にいて、話しかけられて、しかも一緒に暮らそうですから。ただ内館さんの老後っていつなの、と思ったこともこっそり告白します。あのときシラッと「そうですね、一緒に暮らしましょう」って言えれば良かった。己《おのれ》の度量のなさを恥じます。そう言えなかったのは彼我《ひが》の差。

内館さんと私はそんなに年が離れていません。にもかかわらず仕事量は文字通り、雲泥《うんでい》の差。私はといえば、藤井聡太くんが将棋の新人として颯爽とデビューしたころ、私も新人と言われていた、のが自慢です。新人にして老人。だから、老いをどう生きるかは私にとっても最重要かつ喫緊《きっきん》の課題なのです。

さて、どうしようと頭をひねっても、老いの正しい生き方なんてものはないのでしょう。それぞれに個別具体の老いがあるわけで、自分の老いを手探りで行くことしかないのかもしれません。

私は「お引越し」のその日まで、笛太鼓、鉦《かね》の音もにぎやかにドンヒャラドンヒャラ行きたいものだと思っておりますが、さて、どうなりますやら。

遠野へ

おめだぢ　おらの遠野は何如《なんじょ》なもんだど聞くのだが
それだば　おらは眼《まなぐ》ひぐって考える
おらの遠野は
あんこ餅にくるみ餅
赤かぶの漬け物に大根のがっくら漬け
スガの張った漬け物樽がら取り出したばりの白菜漬けも捨てがだい
春は野の葉の白和えに夏はわさび菜のつんとした吸い物で
秋はやっぱりぼりめぎと大根の味噌汁で決まりだべ
よおぐ味のしみだ煮しめもこれまだいいもんだ

食いものばりでねぞ
春になれば真っ先にかだごの葉っぱを摘みに行った
さっとゆがいで葉の軸を揉んで息を吹き込めば葉っぱの風船の出来上がり
春が来たなど思ったな　河原で釜っこ炊ぎもしたっけな
田植えのあどの田んぼには天に届げど蛙が鳴いだ
ぐわんぐわん　耳をすませばまだ聞こえるよんた
蒸し蒸しどする夏のはじまりだった
それでも夏は短くて盆を過ぎれば今年も終わるよな寂しさがあったけ
打ち上げ花火が悲しいのはおらばりだべが
たわんだ稲穂の甘い匂いが好ぎだった
稲刈りが終わって　取り巻ぐ山が紅く染まって　それがら間もなく冬になる
曇った空がら今冬一番の雪が降るころ
まだがと思って　足を踏ん張る身構える
それでも　やっぱり春はやってきた

軒《のき》の蚊柱　土の匂い
春は忘れずやってきた　何より春はいいもんだ
それでも　おらが一番好ぎなとっとぎの遠野は
おらいの裏手　猫川橋のたもとがら眺める六角《ろっこ》牛山《うしさん》
いいな　いい　年を取れば取るほどおらはおめが好ぎになる
のっぺりど大ぎくて　両手を広げで待っててでくれる
おらが帰る処はここだべ　ここしかないべ
おめが待っていでくれるがら　おらは安心して前を向ぐ
おめがついでいでけるがら　おらはも少しやれそな気がする
遠野よ　遠野　おめも頑張れ　おらも頑張る

方言は、私にとって一番、自分に正直な言葉です。
自分の底の底にある、
深いところから出てくる思いを語るのに、
いちばん適した言葉です。
標準語では体裁を取り繕ってしまう。着飾った私です。
どこの方言でも味があり、そこに生きてきた人の体温、
生活の匂い、味わいがあります。
土地土地に受け継がれた、
汗や涙がぎっしりつまった言葉。
その人の「最古層」にある言葉。

上高地にて

六月某日、念願だった上高地《かみこうち》に初めて出掛けました。

二年がかりで書いていた小説の最終章を書き上げて、やっと肩の荷を下ろした思いです。晴れ晴れとした気持ちで河童橋から明神橋の間を二時間かけて周回、一五〇〇〇歩を歩き通しました。このところ運動不足で歩けるかなと不安でしたが、私ってばけっこうまだやれるじゃんと喜び勇ん。それにしても上高地は最高でした。なんといってもあの梓川《あずさがわ》の水の透き通るような透明度。木々の緑、聳《そび》え立つ山塊《さんかい》。すべて感動また感動、でした。

上高地は亡夫が「いつか、連れてってやる」と約束してくれた場所。約束は果たされることがないまま、去年十三回忌も終えました。

亡くなった当初は、この先私には何もないんだ、あとは自分の葬式くらいか、あ、それも私には関係ないんだ、なんて絶望したものです。亡き人を置き去りにしたまま、私だけ前に進むのかというすまなさもありました。

それでも、時間って不思議です。有難いものです。私の悲しみも絶望も過ぎていく時間が癒してくれました。今悲しみは透き通った水のよう、梓川の川の流れに似ています。分かったこともあります。

一番身近で大切だった人の死を体験した後では、私には何も怖いものがないのです。老い衰えることも、死すらも何にも恐れるものがないと思えます。計り知れない摂理の中で生かされている、限りがある命なのだ、ということは骨身に沁みました。

歳月は容赦がなく、そして優しく温かいものですね。

今、私は限りなく自由です。

ひとりの暮らしにもなれました。

夜遅く、声を立てて本を読んだり、歌を歌ったり、時には踊ったりもします。曲は何でも。ジャズのときもヤッショマカショシャンシャンシャンシャンのときもあります。傍《はた》から見れば、太った婆さんが身体をゆすってるぐらいにしか見えないでしょうが。もちろん仲間うちでご飯を食べたり飲んだり出かけたりすることもあります。時には編集者さんと激しくやり合ったりも。

これが私の日常です。かけがえのない、平凡な時間。

でも一番好きなのはぼおーっとしているとき、あえて言えば壁際の見えない、けれど確かにいる人々に語り掛けるときでしょうか。

すべて私の生きる手ごたえです。大切な時間です。

こうして時は過ぎて行き、いつか上高地のような大自然の懐《ふところ》に抱かれるのだ、そうだったらいいのになと思えました。

あっち側とこっちでやっと約束を果たしたと思えた、六月の一日のことでした。

一番大切な喜び

『おらおらでひとりいぐも』ドイツ語版　リベラトゥール賞受賞にあたって

初めまして、若竹千佐子と申します。

この度、ドイツの権威ある文学賞、リベラトゥール賞を戴けること、大変光栄に思っております。これは私一人の力だけでなく、訳してくださったユルゲン・シュタルフさんのお力でもあります。この場をお借りして改めて御礼申し上げます。

私はいつのころからか、自分の中に大勢の他者が住んでいる。その者たちとの合議制の中で私は生きているのだと思うようになりました。

『おらおらでひとりいぐも』の主人公桃子も、内なる見知らぬ他者に気付いたひとりです。その者たちと一緒に考える。あるいはその者たちに絶え間なく問いかける。生きてきた中での経験と知恵を総動員して桃子なりの真実を見出す。その自問自答の中に、自分との対話の中に、無上の喜びがあるのだ、桃子さんは気付くのです。

私は一つの喜びの形を書いてみたかったのかもしれません。

今、金を稼ぐ、もっと稼ぐという喜びに特化して、逆にそれに苦しめられているように思えてなりません。

桃子の喜びはシンプルです。シンプルですが、一番大切な喜びです。

考え続けることを放棄して、常識に支配される、モノに支配されることくらい悲しいことはありません。

そういう思いで桃子を書きました。書き上げる中、自分の思いが形になって出来上がっていくのが、小説を書くのが本当に楽しかった。

出来上がったら誰かに届けたい、と思いました。

それが、日本のみならず、こうして海外にまで広がり、今また賞を戴ける、本当に夢のようです。改めて御礼申し上げます。ありがとうございました。

二〇二二年十月吉日

リベラトゥール賞（LiBeraturpreis）……前年にドイツで翻訳出版されたアジア、アフリカ、ラテンアメリカ、アラブ世界の女性作家による作品を対象とした文学賞。これら地域の女性たちの声をより広く世界に発信することを理念とし一九八七年創設。受賞者の多くは、その後ブッカー賞（イギリス）やオレンジ賞（イギリス／現在は「女性小説賞」）、ニュー・アカデミー文学賞（スウェーデン）など世界有数の文学賞を受賞、または最終候補に選ばれるなど、国際的に高く評価されている。

つながる　『かっかどるどるどぅ』出版に寄せて

前作『おらおらでひとりいぐも』は、思いがけず大きな反響をいただきました。「次何を書くんですか」「いつ出ますか」どこに行ってもよく聞かれました。うれしいのと同時に次第に焦《あせ》りも募《つの》りました。受賞後第一作めというのはほんとむずかしい、とよく聞きます。これ以上逆さに振るって私から何がこぼれるというのか。子供のころからの念願かなってやっとプロになれたものの、さてこれから私は何を書けばいいのか。そもそも私はこれからどう生きたらいいのか。おらはこれがらの人だ、と作中で大見得《おおみえ》を切ったものの、う〜ん。

時は素早く、あっという間。あれから六年が経ちました。

執筆当時はギリおばちゃんのつもりでしたが、今では自他ともに認める「あ」付きの、つまりはばあさんになりました。五歳からゼロ歳までの四人の孫にも恵まれましたし、病《やまい》を得て足が動かなくなり、手術してリハビリ専門病院に入院という羽目《はめ》にもなりました。

理学療法士さんをはじめとする献身的な介護スタッフに囲まれてしだいに私にも心境の変化が生じました。

人にケアしてもらうことの有り難さ心強さ。人と繋《つな》がり合うことの心地よさ大切さを弱くなって改めて感じることができました。

前作ではひとり孤独に生きる老年の女の気概《きがい》を書いたつもりですが、今作は反転して人とつながり分かち合う喜びを書きたいと思うようになりました。

私の孫たちは何事もなければ、二一〇〇年という時を見ます。その時どんな社会であればいいと私は思うのか、そういった思いを経て『かっかどるどるどぅ』は出来上がりました。

完成した喜びと同時に、悔しさもあります。

もっといい小説が書きたい。

今作を書いて初めて私はプロの小説家のスタートラインに着いたのです。
まだ見ぬ私の新しい小説を信じて改めて小説に向き合いたいと思っております。

幼いとき、弱ったとき、老いたとき
安心して身を任せられるシステムあればいい。
それがあれば人は何にもこわくない。

「おらおらで」の前に今必要なのは、共に生きること

忘れられない、ホームレス女性のベンチ

――本作『かっかどるどるどぅ』には、アパートを開放し、食事をふるまう吉野のもとに身を寄せる、四人の男女が登場します。一人目は、女優になる夢を捨てきれず、スーパーの仕事をクビになった六十代後半の悦子。二〇二〇年に実際に起きた事件で、同じく元劇団員で試食販売員をしていた渋谷のホームレス女性・大林三佐子さんが殴られ、亡くなったことを思い起こしました。

そうですね。大林さんが悦子のモデルというわけではないけれど、あの事件は身につまされました。事件を追ったテレビの特集番組に「彼女は私だ」っていう投書が殺到し

たそうですが、私も同じ気持ちでした。

若いころ、郷里の岩手で教師を目指し、臨時採用の教師をしていました。臨採教師というのは、産休や病休の先生の代わりになる先生ということです。次に空きがあればということだから、次々に仕事が見つかるわけではない。二カ月先になるのか、六カ月先になるのか、教育委員会からの電話待ちという状態。その間は無職、今でいう引きこもり、ニートの生活です。そんな生活を五年続けてついにあきらめて、今度は脚本家を目指そうと東京にいた姉を頼って上京。学習塾のバイトで食いつないでいました。その時、たまたま父親に地元でのお見合いを勧められ、縁があって結婚。あの時、夢を捨てずに追い続けていたら、私も彼女のような境遇にあったかもしれない。だから、彼女の痛みがよく分かります。

番組で忘れられないのが、彼女が座っていたというバス停のベンチ。止まり木みたいなベンチで、細い板を二枚わたしただけ。間にしきりがあって、寝ることも寄っかかることもできない。彼女はここにいたんだ、と思うとたまらなかった。女の人はいったん支えを失えば、がらがらと崩れて落ちるところまで落ちてしまう。そして今やそれは女性だけじゃない。この小説には、ホームレス状態で死にたいと願う保という二十代の男性が出てくるんだけれど、彼が座るベンチはあの大林三佐子さんのベンチを思い起こしました。

二十二世紀に生きる孫たちに

――悦子と保のほかに、舅姑《しゅうとしゅうとめ》の介護に明け暮れた六十八歳・パートの芳江、非正規雇用の職を転々とするアラフォーの理恵と、四人はそれぞれ困窮しています。

彼女たちの明日が見えない暮らしは、悪戦苦闘していた臨採教師時代のかつての私の姿でもあるんです。今や非正規雇用が四割近く。どんなにか苦しいだろうか。来年の生活どころか、一カ月先の生活さえ見えない。それで「毎月いくらいくらあげるから子供を産みましょう」って言われてもね。給付に反対しているのではなくて、その前に安心して暮らせる社会であり制度であれば、と思います。ただ、国に対しての憤《いきどお》りもあるけれど、そんな状況になっても声を上げない私たち側にも責任はあると思います。

――彼らは吉野の家に集まって食卓を囲み、ウクライナの戦争について意見を言い合います。理恵がアベノマスクをあえてつけたり、芳江がアベノマスクをほどいて再利用しようとしたり、前作より鮮明に時事や社会問題が盛り込まれていますね。それも「声を上げなくてはならないという責任」から来ているのでしょうか。

そこに関しては迷いもあったんだけど、やっとプロになって、書いたものを多くの人が読んでくださる立場になったのだから、やっぱり言わなきゃいけないと思いました。

――中でも就職氷河期に苦労した理恵の「私は政治に無関心でいられない。私の痛みは個人的なことだけれど、巡り巡って政治的なことだ」という言葉が印象的でした。

「個人的なことは政治的なことである」というのは上野千鶴子さんの本で学んだことですが、まったくその通りだと思います。一人ひとりが社会を構成する一員だから、社会に対してものを言う責任と義務がある。でも、今、私たちは自己責任という言葉にからめとられて、「自分が努力しなかったせいだ」とか「おれは運が悪いから」って諦めさせられてしまっている。「そんなことない、声を上げていいんだ」と言いたかったのです。

あとは老婆心もありました。『おらおら～』で芥川賞を頂いたあと、孫が生まれましてね。あっという間に四人。孫は可愛いって言われるけど、ほんとに可愛い。あの子たちは何事もなければ、二一〇〇年を迎える。今までそんな先なんて想像の射程外だったけれど、二一〇〇年になったとき、いったいどんな社会になっているのだろうか。この子たちが幸せでいられるだろうかと思ったら、黙っていられなかったのです。

──本作も『おらおら～』と同じく、登場人物それぞれの自問自答が豊かな言葉で描かれますが、それとは別に「連れでげ」「ノリコエテミナイカ」など天啓とも呼ぶべき声がします。

これは、私の実体験からきています。『おらおら～』を書く前のこと。あるとき、「やっと気づいたか」という大きな声が、がんと響いたことがあったんです。今までの自分では立ち行かなくなるぎりぎりのときに、内側に潜んでいたものがグッと自分を揺さぶる。そういうことが、本当にあるんですね、実際に。その声を聞いたとき、私の中には大勢の人間が潜んでいて、じつはその合議制で私という人間は動いているんだと思いました。あれは衝撃的でした。

元々、人間は心のうちに神を感じたり対話したりしてきたはず。でも今は宗教団体を巡る問題があったりして、宗教がなにか汚らしいもの、人をだまくらかす怪しいものってなってしまった。この不安の時代に、なおさら心のよりどころがなくなってしまった。不幸なことです。内なる声については、いつかもっと深く書きたいと思っています。

よりどころがあってこその、孤独

――『おらおら～』では家族の因果《いんが》と、そこから脱し、自分を一番大切にしてそれぞれが生きていくことが描かれましたが、今作は「血がつながってなくても家族になれる」という新しいつながりの形を示します。この変化はどこからきたのでしょうか。

今まで田舎の共同体というのは、家父長制に押し込められた個人の自由を阻害するものと教わりました。その格闘の歴史が明治以降の文学の歴史でもあると。でも、ひょっとしたらそれだけでもなかったのかな、と最近思うようになって。昔は人には確固とした居場所があって、そこで安心していられた。でも今は、核家族になり、さらに次の世代は家庭を持つことすら危うい時代。安心して自分を委《ゆだ》ねられる新しい共同体が必要なんじゃないかな。それが吉野さんたちの一団で提案したかったことです。

芥川賞の受賞後、病気でリハビリ専門病院に五十日ほど入院したことがあったんです。事故やケガをした若い患者さんもいたけど、ほとんどは認知症や脳梗塞を起こしたお年寄りでした。食堂に集まって、みんなでご飯を食べるんです。それがみんなすごく嬉しそうなの。ちょっと認知症の気《け》がある人が、毎度必ず「南無妙法蓮華経〜」と唱えだして、その隣の人がすかさず「チーン！」と言ったりして（笑）。

言語障害のあるおばあちゃんが退院のとき、オイオイ泣いていて、その時はやっと退院できるのにどうしてだろうと思ってたんだけど、しばらくして気づいたんです。あの人は家に帰れば孤独なんだろうって。私自身、「一人でなんでもできるわい」と思っていたけど、理学療法士さん、作業療法士さんと、いろんな方にケアされるありがたさを感じたし、結局は人と人とのつながりが大事だということを身をもって痛感したんです。

前作の『おらおらでひとりいぐも』は孤独礼賛を書いたけれど、社会から孤立し、どうしようもなくなっている人たちにそれを求めるのは酷《こく》。安心して生きられる居場所があってこその孤独だと思うようになりました。

――今回の作品も、つい音読したくなる講談師のような文体が小気味よかったです。

私は理路整然とした書き言葉よりも、感情のおもむくまま、話がこっちいったりあっちいったり、途中でバンバンと張扇《はりおうぎ》で合いの手を入れるような話し言葉で書くことにこだわっています。いつも「あなたに向けてお話ししています」という気持ちで書いています。

（構成・清繭子）

付かず離れず

長年の友人、主婦仲間のYさんが若いママさんたちと連れ立って、地域食堂を始めたと聞いて、ここしばらく使っていなかったエプロンをたんすから引っ張り出して私も駆け付けた。

月に二回、大人三百円子ども無料のこの食堂は地域の人たちの憩《いこ》いの場になっている。私も早速仲間に入れてもらってみんなの活気を戴いている。

Yさんと私は息子の小学校PTAのときからの付き合いだ。彼女の何がすごいと言ってその類《たぐい》まれなリーダーシップ。魅《ひ》かれて三十数年。と言っても始終《しじゅう》べったりというわけではない。付かず離れずが長持ちの秘訣なのだろう。

忘れられないのは、夫が亡くなったとき、真っ先に駆けつけて背中を擦《さす》ってくれたこと。あのときどんな慰めの言葉より有難《ありがた》かった。二人で秩父三十四箇寺を菅笠白衣金剛《すげがさびゃくえこんごう》杖《づえ》の姿で歩き遍路《へんろ》したこともある。汗だくで歩き通して無事結願《けちがん》成就したときの喜びと言ったら。

あの当時は二人とも若くて、今はさすがに踏ん張りが利かなくなった。それでもまだ、人との関わりを持とう、誰かの役に立とうと思えるうちは、私たちもまだまだ、これから。

先頭立って張り切るYさんを横目で眺めながら、私もタマネギの皮を剥いている。

人間ハシビロコウ

娘が嫁に行って、私の独り暮らしも四年になる。独り暮らしとは、まあ単調な生活である。飽きないかと問われれば、たまに。二十四時間自分の裁量で暮らせる豊かな時間と思えるときもあれば、どうしようもなく寂しいもんだな、と思うときも。その日どう感じるかはこちらの気分次第、さじ加減でどうとでも転がる。近頃はやたらご親切な給湯器だの炊飯器だの終わった出来たの掛け声に呼応して。「あいよ」、「わがったでば」「も少し待ってでけで」なんて言ってるときがある。で、その声に元気そうじゃん私、なんて自分の声に励まされて、じゃあ今日は雑巾《ぞうきん》がけしようか、冷蔵庫整理やってみようか、とか思うときもあるにはある。でも大半は椅子に座れば座りっぱなし、で何しているかと言えば何もしていない。ただぼうっとしているだけ。

子供のころ五歳年上の姉が私のことを「洗濯機の渦《うず》を眺めながら小半日《こはんにち》ぼうっとしていられるやつ」と言い放った。これをいまだに覚えているのは図星《ずぼし》というか、言い得て妙というか。私は子供のころからつくづくぼうっとしているのが好きな人だった。

結果として動かない、ものぐさというか、生産性の乏《とぼ》しい実際生活に役立たない人間なのだった。

いつだったか、水辺に一羽、やたら図体《ずうたい》がでかくて動かない鳥が話題になったことがあったが、あのときものすごく親近感がわいたものだ。私は人間界のハシビロコウだと思ったが、それはハシビロコウさんに失礼だったか。

私は人生の大半をぼんやりに過ごしてしまったが、これも持って生まれた私の性分。責めて何になる。てか、私は元々走れない人なんだ。私には私の流れる時間があるんだ。ほんとだよ。だから、これでいいんだ、なんて居直っている。

だから、私の生活はもう勝手気まま、好きなようにやっている。

世間では規則正しい食事と運動を推奨《すいしょう》しているようだけど、私の生活はそれとは真逆。

好きな時に起きて好きな時に寝る。食べたいものを食べたいときに食べたいだけ食べるが、恥ずかしながら私の生活スタイル。ばあさん無頼《ぶらい》、なのだ。

私の未来はあと手の指で事足りるくらいか、ひょっとしたら足の指にまでお世話を掛けるぐらいあるのかも、と皮算用するのだけれど、どっちにしても残りは機嫌よく行きたい。

私の人生、結果として好きなようにぼんやり生きて来た。ぼんやり生活が嵩《こう》じるとたまにポンとはじけるときも、ごくたまにだけど、あるらしい。それを信じて、も少し頑張ってみようと人間ハシビロコウは思うわけである。

ひとり暮らしも悪くはないけど。
贅沢を言えば、共有スペースがあって
そこで笑って食事をして
部屋に戻ればひとり、
ほんとはそんなのが理想です。

私の戦い方

なんだかなぁ。何を書こう。どう書こう。

このエッセイをお引き受けしたころは、独《ひと》り居《い》の私のささやかな幸福や気づきなどを、私は春にはもう七十になろうとするのです。日常の身辺雑記を書いてみようなどと思っていた。

だが、そんな悠長なことを言ってはおれない事態が生じた。

新年早々、元日のめでたい日に能登《のと》半島を震度7の地震が襲った。

このことに触れないでエッセイを一行たりとも書けない気がして、と言って何をどう書けばいいのか分からなくて困惑している。

だから私の迷いそのまま、思っていることを正直に語ろうと思う。支離滅裂なところ、もしかしたら失礼千万な物言いをお許しいただきたい。

私は六十代半ばころまでごく平凡に生きてきた。ところが、書いた小説で少しばかり脚光を浴びるようなことがあって、日常が一変することも経験した。だけれど、それも一時的なこと。現在の私の生活は元に戻っている。若い日に脚光を浴びれば、自分を特別な人間などと思えるのかもしれないが、なにせ私はばあさん。長年染み付いた自己認識はそう簡単に消せはしない。つまり、何が言いたいかと言えば普通の庶民感覚を引き摺《ず》って今に至っている。それを良かったと思っているし、それが私の強みだと思ってもいる。

その私がフツーに見ても今の世の中は暗い。戦争中のことは知らない。こんなに先の見通しが立たないときはないのではないか。

どこに行っても我々年代かそれ以上の爺さん婆さんばっかり。子供が極端に少ない。何故《なぜ》そうなったかと言えば、いろいろ理屈はあろうが、詰まるところ、人を使い捨てたからだ。雇う方は儲けが欲しいもっと欲しい、なら人件費減らせばいいじゃんとなって、正社員はコストがかかる。バイトでいいじゃんパートでいいや。政治がそれを黙認した。

むしろ積極的に後押しした。結果、今四割が非正規雇用だと聞く。若い人を非正規雇用などと不安定な立場に置いて、誰が安心して結婚して子供を持とうとするものか。

田舎はどんどん過疎化して後継者がいない。農家は商品としてのお米野菜を作る人とばかり考えて、すぐ競争力、高ければ輸入すればいいとなる。でも農家の仕事はそれだけじゃなかった。荒れた休耕田を見ればすぐ分かる。大げさに言えば、国土を守る人たちだった。自然や長い間に培《つちか》われた文化を守ってくれる人たちだった。もっと手厚く保護してやれば、ここまで活気が失われることもなかったし、食料の自給率がここまで下がることもなかった。

寂《さび》れていく商店街もかわいそう。郊外のピカピカした大型スーパーばかりにぎわっていく。儲かる人はもっと儲かり、痩せた人はもっと痩せていく。

今は金を儲けることが第一義なのだ。人の苦境はあずかり知らない。そういう世の中になってしまった。普通に働いて暮らしが立つということができなくなっている。第一、働くという意味がどんどん小さくなっている。働くというのは額《ひたい》に汗して手足を動かして、というのは昔の話。今はお金を転がしてもっと転がして金が金を生む。そっちのほうがずっと大きい。それでいいのだろうか。金が、金儲けが正義か。

みんなうすうすおかしいと感づいている。苦しいと思っている。でも声を上げない。平気な顔をして街を歩いている。私が悔しいと思い、情けないと思うのはむしろこのことだ。

私の若いころはストライキも頻繁にあったものだが、そんなこともない。どうして怒らないのだろう。何でこんなにおとなしいの。仕方がないと思っているのだろうか。あきらめが先立つのか。自分たちのことなのにいつまで傍観者でいられるのだろう。あぁ、だけど、どの口がそれを言う。そういう私だって何も行動に移せていないじゃないか。身の廻りの小さな幸せだけを追って、それでいいじゃん。苦労することないよ。出過ぎた真似をするんじゃない、偉そうに。片方の私がいつもしたり顔でブレーキをかけてくる。情けないとはまずもって私のことだ。せめてエッセイで思いの丈《たけ》を述べて、自分のふがいなさを免罪にしたいだけなのかもしれない。

そんなときに能登半島で地震が起こった。

日本人なら、地震が起これば今のは震度3だとか4くらいだとか、体感で知っている。

それくらい地震は身近に起こってしまう。だけど震度7なんて想像を絶する。

地震はつくづく過酷だ。

大切な人を失い、家は壊され流され、ひと町が焼かれ、仕事を失う。ビニールハウスで寒さに凍《こご》えながら夜を明かす人たちをテレビで視た。とても他人事とは思えない。かける言葉も見つからない。

私は、悲しみが人を強くするのだ、と頑《かたく》なに思っている人間だけれど、でも、八十、九十になってこんな目にあったらどう心を奮《ふる》い起こせと言うのだろう。私だったら、家の片付け一つままならないのではないか。本当につらい、つらい仕打ちだ。

どこに怒りを向けようにも、ひと振りで、四メートルも土地を隆起《りゅうき》させ、海岸線を二百メートルも後退させるような凶暴な自然の力が相手だ。到底太刀《たち》打ちできない。ただ耐えて我慢して日々を過ごす。そのうちに凪《な》ぎの自然が優しく慰めてくれるのも知っているのだ。私たちは繰り返し繰り返しそういう目にあって、立ち直って生きる人々だった。怒りより悲しみに感応する人間だった。

自然の恐ろしさと自然のやさしさを骨の髄《ずい》まで知っている。自然への怖れとあこがれと、そこに生かしてもらっている自分たちと。だから有り難く、穏やかにつつましやかに分をわきまえて生きる。だから声高《こわだか》に自分を主張したりもしない。争いごとなんてもってのほか。弱いからというわけではないのだ。卑屈というわけでもない。

厳《おごそ》かなものがそこにあるからごく自然にそうなる。そう思わせるものが身の廻りを取り巻いていると感じる。自然の何気ない景色や事物その一つひとつを、神と思い仏と思って心を寄せる。なんなら道端で拾った石ころ一つ懐《ふところ》に忍ばせ、布越しにそのものを感じ、ときには石ころにさえ話しかけて自分の心を探ろうとする。そこにあるのは、そのものに対して誠実に生きよう、そのものにふさわしい自分でありたい、という思いだ。

そういう思いがのぞき込めば私たちの心の奥底に眠っているのではなかろうか。嫌いではないのだ。この物の見方考え方が。いや、好き嫌いはともかく、私の心の基底部に父母や祖父母やその先のずっと前の人たちから脈々と注ぎ込まれた心の在り様なのだと知っている。年を取るごとにそう思えることが多くなった。

もし私風情《ふぜい》が大上段に物を言うことが赦《ゆる》されるならば、この心の在り様は私だけでなく大方の日本人の心の在り様で、大切にずっと持ち続けなければならないものだ。

だけどこうも思うのだ。

その大切な心の在り様を自分の利だけを考える狡賢《ずるがしこ》い人間に利用されたくはない。いつまでも黙っておとなしい羊のような人間だと思われては困る。

私は怒りも大切な大切な人間の感情なのだと思う。悲しみ同様、怒りは人を屹立《きつりつ》させる。前に前に押し出させる。

たとえ自然に膝を屈することがあっても人が人に対する苛烈《かれつ》は赦せない。

いいかげん、声を上げろよ、私。

戦え、私。

変わることも大事なことじゃないか。

安穏《あんのん》に甘んじるな。ヒリヒリした中に身を置いて、生きることを際立たせよう。

ときどき思うことがある。私のような人間。

平々凡々とはいえ人生一通りのことは体験した後に、やっとこさっとこ小説家でございますと言えた人間、意味があるのかもしれない。もう重々、どこから声を出さなければいけないか知っているじゃないか。私には私の戦い方がある。白髪頭掻《か》きむしって小説を書くこと、それが私の戦い方だ。
そう思って七十の春を迎えようとしている。

あとがき

長年の思いがかなって小説家デビューをはたして、早いもので七年になります。

この度、この間に書き溜めたエッセイを一冊の本にまとめようというお話をいただきました。まったく思いがけないことで喜んでおります。


小説講座の師、根本昌夫先生は「エッセイも小説のうち」と言われ「小説を書くということは銀座を裸で歩くようなもの」とよくおっしゃっていました。確かに。誰得の婆さんの裸体。それでも心の内に見つかったものはさらけ出したい性分、しかもそれが楽しいときたら。それでここまで来た感じです。

このエッセイ集には折々に書きためたエッセイのほかに、インタビューをまとめたものや、たまに垣間見える寸言のようなものは恥ずかしながら講演での私の発言を編集者さんがメモしてくださっていたもの、などです。

皆様のお手に取っていただけるなら幸いです。

この場をお借りして、文藝賞頂戴以来、懇切丁寧にご指導下さる河出書房新社さま、中でも編集者の渡辺真実子さん、竹花進さんに、この年若い編集者さんたちにはいつも大きな励ましと示唆をいただいております。改めて御礼申し上げます。

二〇二四年　中秋

初出一覧

◎一さじのカレーから（「小説BOC 9」二〇一八年四月、中央公論新社）
◎母校へ（「遠野市立上郷小学校創立百五十周年記念誌」二〇二四年一一月、上郷小学校創立百五十年記念事業実行委員会）
◎人が変わる瞬間（「文藝賞受賞の言葉」改題、「文藝」二〇一七年冬季号、河出書房新社）
◎どうしよう（「文學界」二〇一八年三月号、文藝春秋）
◎ドラゴンボール（書き下ろし）
◎悲しみのなかの豊穣（「芥川賞受賞のことば」改題、「文藝春秋」二〇一八年三月号、文藝春秋）
◎魔法の杖（「東京新聞」二〇一八年二月一九日夕刊、中日新聞社東京本社）
◎歌にまつわる話（「毎日新聞」二〇一八年一月三〇日夕刊、毎日新聞社）
◎飽きない（「広報きさらづ　No.766」二〇一八年二月、木更津市）
◎かつて確かに生きていた人の声を（共同通信社配信、二〇一八年一月）
◎「どん底」の圧倒的な笑い（「産経新聞」二〇一八年一月三一日、産経新聞社）
◎人生の十冊（「週刊現代」二〇一八年四月二一日号、講談社）
◎土を掘る（「暮しの手帖　第4世紀97号」二〇一八年一二月—二〇一九年一月、暮しの手帖社）
◎玄冬小説の書き手を目指す（「群像」二〇一八年一月号、講談社）
◎うちに帰りたい（「考えてきたこと」改題、「すばる」二〇一八年三月号、集英社）
◎母に会う（「新潮」二〇一八年四月号、新潮社）
◎小説の功罪（「北の文学」二〇一八年五月、岩手日報社）
◎家移りの祭り（「フィガロジャポン」二〇一八年一二月号、CCCメディアハウス）

◎自分観察日記（「『おらおら～』の周辺のこと、これからのこと」改題、「民主文学」二〇一九年一月号、日本民主主義文学会）
◎言葉で父を遺す（「月刊PHP」二〇一八年一二月号、PHP研究所）
◎おタミさんとおくまさん（「サライ」二〇一八年一〇月号、小学館）
◎女の人生はいつだって面白い（「エトセトラ　VOL.2」二〇一九年一一月、エトセトラブックス）
◎弱気の日に（書き下ろし）
◎宴のあと（「文藝春秋」二〇一九年九月号、文藝春秋）
◎コロナの時代（「朝日新聞」広告、二〇二〇年九月一二日）
◎変幻自在な面白さ（「新国立劇場　演劇2019／2020シーズン　マクシム・ゴーリキー「どん底」パンフレット」二〇一九年一〇月、公益財団法人新国立劇場運営財団）
◎上がらない質（「街もりおか」二〇一九年二月号、杜の都社）
◎自分を磨け（内館牧子『すぐ死ぬんだから』「解説」改題、二〇二一年八月、講談社文庫）
◎遠野へ（『新編遠野市史　現代編』二〇二〇年三月、遠野市民センター　市史編さん室）
◎上高地にて（「潮」二〇二三年八月号、潮出版社）
◎一番大切な喜び（リベラトゥール賞受賞スピーチ、二〇二二年一〇月）
◎つながる（『かっかどるどるどぅ』刊行小冊子、二〇二三年五月、河出書房新社）
◎「おらおらで」の前に今必要なのは、共に生きること（「読書好日」二〇二三年六月一九日、朝日新聞社）
◎付かず離れず（「日本経済新聞」二〇二三年一〇月一四日、日本経済新聞社）
◎人間ハシビロコウ（書き下ろし）
◎私の戦い方（「月刊住職」二〇二四年四月号、興山舎）

若竹千佐子（わかたけ・ちさこ）

一九五四年、岩手県遠野市生まれ。岩手大学教育学部卒。主婦業の傍ら、幼いころからの「作家になる」という夢を持ちつづけ、五十五歳で小説講座に通いはじめる。八年をかけて『おらおらでひとりいぐも』を執筆、二〇一七年、河出書房新社主催の新人賞である文藝賞を史上最年長となる六十三歳で受賞しデビュー。翌二〇一八年、同作で芥川賞を受賞。『おらおらでひとりいぐも』は世界十か国超で翻訳、刊行決定している。二〇二二年、ドイツ語版 Jeder geht für sich allein（ユルゲン・シュタルフ訳）で独の著名な文学賞、リベラトゥール賞を受賞。その他著書に『かっかどるどるどぅ』（二〇二三年）がある。

台《だい》所《どころ》で考《かんが》えた

二〇二四年一一月二〇日　初版印刷
二〇二四年一一月三〇日　初版発行

著　者　若竹千佐子
発行者　小野寺優
発行所　株式会社河出書房新社
〒一六二-八五四四
東京都新宿区東五軒町二-一三
電話〇三-三四〇四-一二〇一（営業）
〇三-三四〇四-八六一一（編集）
https://www.kawade.co.jp/

装　幀　重実生哉
組　版　KAWADE DTP WORKS
印　刷　株式会社亭有堂印刷所
製　本　加藤製本株式会社

Printed in Japan
ISBN978-4-309-03925-1
落丁本・乱丁本はお取り替えいたします。

河出書房新社
若竹千佐子の本

おらおらでひとりいぐも

七十代、ひとり暮らしの桃子さん。
二人の子どもを育て上げ、夫婦水入らずの
平穏な日々が続くはずだったのに――。
最愛の夫を亡くし、子どもたちは疎遠。
おらはちゃんとに生ぎだべか？
悲しみの果て、人生の意味を問う桃子さんに、
突然ふるさとの懐かしい言葉で、様々な内なる声が
ジャズセッションのように湧いてくる。
そして思いもよらぬ賑やかな毎日が――。

文藝賞・芥川賞受賞作。河出文庫

ISBN978-4-309-41754-7

かっかどるどるどぅ

ただ安心して暮らしたいだけなんだ。
それって、そんなに贅沢なことなのか――。
「ひとりで生きる」から「みんなで生きる」へ。
孤立し、寄る辺なく生きる
すべてのひとを励ます感動作。

ISBN978-4-309-03079-1